光文社文庫

長編推理小説

十津川警部　箱根バイパスの罠

西村京太郎

光　文　社

目次

第一章　広告の男　5
第二章　情報の集中　41
第三章　美談の罠　75
第四章　一人の男の正体　112
第五章　黒沢一族　140
第六章　一人の女　173
第七章　最後の配役　204

第一章　広告の男

1

　四月九日の夜、都内新宿《しんじゆく》のTホテルで、宿泊者の一人が、何者かに殺されるという事件が、発生した。

　ホテルからの急報を受けて、警視庁捜査一課から十津川《とつがわ》警部をリーダーとする刑事たちと鑑識《かんしき》が、Tホテルに急行した。

　ロビーで待ち受けていた支配人が、すぐ、刑事と鑑識を、犯行現場の三〇二一号室に案内した。ツインルームで、ベッドが二つと、簡単な応接セットがついている部屋である。

　部屋はツインだが、床で死んでいたのは、一人だった。死体は、五十歳前後の中年の男である。ワイシャツを着て、ネクタイを締めている。

十津川は、かがみ込んで、死体を入念に、調べた。

鑑識の調べを待つまでもなく、明らかに、青酸カリによる中毒死である。

第一発見者だというルームサービスの女性が証言した。

「午後十時少し前に、この三〇二一号室のお客様から、ワインのご注文が、ありました。ワインのロゼと、ワイングラスを二つ午後十一時に持ってきてくれと、ご注文になりました。それで、午後十一時ちょうどに、ワインクーラーに、ロゼのワインを入れ、グラスを二個お持ちしたのですが、いくらドアをノックしても、応答がありません。鍵《かぎ》がかかっていなかったので、ひょっとすると、待ちくたびれて眠ってしまわれたのではないか？　そう思って、部屋の中に入ったところ、そこに、お客様が倒れていらっしゃったんです。それで、すぐフロントに連絡しました」

ルームサービスの女性が運んできたワインクーラーと、ロゼのワインのボトル、それから、二個のグラスは、ドアの外に置かれていた。

「しかし、部屋のテーブルの上には、ロゼのワインのボトル、ワイングラスが二個、置かれていますよ。なぜ、ロゼのワインがあるのに、ルームサービスで同じロゼのワインを注文したんですかね？」

十津川が、きいた。

「それは分かりません」

女性のルームサービスが、声を震わせながら、いった。

「とにかく、お客様からご注文のお電話があって、午後十一時に、冷えたロゼのワインを持ってきてほしい。それに、ワイングラスを二個、一緒に持ってきてくれという、そういうご注文でしたので、ご指定の午後十一時に、持ってまいりました」

「この部屋からワインのロゼを注文してきたのは、午後十時前ですね？」

「はい。たしか、午後十時の十五、六分前でした」

依然として、ルームサービスの女性の声は、震えている。

「午後十一時になったら、ロゼのワインを持ってきてほしいという、注文だったんですね？」

十津川は、念を入れて、もう一度、確認した。

「はい、そうです。お客様のご指定どおりに、午後十一時ちょうどに、お部屋にお持ちしました」

十津川が、青酸中毒死した、部屋の泊まり客のことを聞きたいというと、支配人が、フロント係を呼んでくれた。

「お客様のお名前は、黒沢美佐男《くろさわみさお》様です。住所は、東京都墨田《すみだ》区内の両国《りょうごく》×丁目になっています」

フロント係が、いった。

「いつから、泊まっているんですか？」

「四月七日の午後、チェックインなさいました」

「すると、今日は、三日目ということになりますね？」

「はい、そうなります」

「いつまで、こちらに泊まる予定になっているんですか？」

「明日の四月十日、チェックアウトなさるご予定でした」

十津川は、腕時計に目をやった。

午後十一時五十六分、あと四分でその四月十日になる。

「東京都内に住んでいる人間が、こちらのTホテルに、どうして、泊まっていたのでしょうか？」

亀井《かめい》刑事が、十津川を見た。

「いろいろと理由はあるんだろう。自宅が狭いので、お客を呼ぶために、このホテルを使ったのかもしれないしね」

と、十津川が、いう。

部屋のクローゼットには、背広と薄手のコートが掛かっている。その上着のポケットから、財布やキーホルダー、運転免許証が見つかった。

運転免許証によれば、フロント係が証言したのと同じで、名前は黒沢美佐男、五十歳、住所は、都内の墨田区両国×丁目になっていた。

また、そのポケットからは、十日の午前に出発する小田急《おだきゅう》線の予約の切符が発見された。見つかったのは、小田急線のロマンスカーの切符で、新宿から箱根湯本《はこねゆもと》のものだった。

小田急線は、もともと新宿から小田原《おだわら》までだったが、その先、小田原から箱根湯本まで、箱根登山鉄道のレールを借りて、小田急が箱根湯本まで乗り入れたのは、昭和二十五年のことである。この乗り入れが可能になってからは、新宿から乗り換えなしで一直線に、箱根に行けることになったのである。

最近、小田急線のロマンスカーも、新しい車両が造られ、それが箱根に乗り入れていることは、十津川も知っていた。

「これで、墨田区に住んでいる被害者が、わざわざ、このTホテルに泊まった理由の一つが、分かったような気がするね」

と、十津川が、いった。

「ここから小田急線の新宿駅までは、車で五、六分、地下鉄を使えば、もっと早く行ける。

それで、このTホテルに泊まったんじゃないだろうか？」

「たしかに、そういう理由もあるかもしれませんね」

と、亀井が、いった。

ただ、被害者が、四月七日から、このTホテルに泊まっていることが気になってくる。

(ただ単に、午前中の小田急線のロマンスカーに乗るので、墨田区内の自宅よりも、このTホテルのほうが、時間的に余裕があるからという、それだけの理由なら、何も、三日前から泊まる必要はないのではないか？　前日から泊まればいいはずだ)

十津川と亀井の会話が、途切れると、ホテルの支配人が、

「殺人ですか？」

と、心配そうにきいた。

「状況から見ると、十中八九、殺人事件と考えていいでしょうね。四月十日、箱根湯本まで行く小田急線ロマンスカーの切符を買ってあるのに、わざわざ、その前日に、自殺したりはしないでしょう」

と、十津川が、いった。

2

日付けが四月十日に変わってから、死体は、司法解剖のために、東大病院に運ばれ、鑑識が三〇二一号室の椅子《いす》やテーブル、ドアなどの指紋を採取した後、十津川の部下の刑事たちは、いったん引き上げることになったが、十津川と亀井の二人は、そのまま現場に残ることにした。まだ、ホテルの支配人やフロント係、ルームサービスの女性に、確認しておきたいことがあったからである。

「予約した時も、それから、チェックインした時も、黒沢美佐男さんは、一人だったのですね？」

十津川は、まず、フロント係に、きいた。

「その通りです。予約された時も、こちらにいらっしゃってサインされた時も、お一人でした」

「しかし、この部屋は、ツインルームですよね？」

「そうですが、シングルルームでは狭苦しいので、お一人でも、わざわざ、ツインルームを、ご予約になられるお客様も、結構多いんですよ。珍しいことではございません」

「中には、一人で予約しておいて、後から、連れのお客が泊まりに来ることもあるわけですね？」

と、これは、亀井が、きいた。

「それは、私どもには分かりません。もちろん、ツインルームを予約されていて、その分の料金を、いただいていますから、後からお連れのお客様がお見えになってご一緒にお泊まりになったとしても、別に、おかしくはありませんが」

と、支配人が、いった。

次は、ルームサービスの女性に対する質問だった。

「亡くなった黒沢美佐男さんというお客は、四月七日にこのホテルにチェックインし、三日目の四月九日の午後十時十五、六分前に、ロゼのワインのボトルと、ワイングラスを二個、頼んだのですね？　これは間違いありませんね？」

「はい、間違いありません」

「では、九日に頼んだのが初めてで、七日と八日には、ルームサービスを頼まなかったのですか？」

「はい、そうです。ルームサービスを利用されたのは、四月九日の夜だけです」

「そうすると、このお客は、七日にチェックインしてから九日に殺されるまで、何をしていたんですかね？　よく外出したりしていましたか？」

と、亀井が、きいた。

「朝は、だいたい一階のレストランで、バイキング料理を召しあがっていたようです」

と、ルームサービスの女性が、いうと、それに続いて、フロント係が、

「チェックインされた七日は、どこにも外出されませんでしたが、八日と九日は、どこかに、お出かけになっています。私どものホテルでは、宿泊のお客様が外出なさる時には、必ず、お部屋の鍵を、預かっておりますから、このお客様が、外出なさったことは、間違いありません」

「出かけたのは、何時頃ですか？」

「たしか、八日も九日も、午後一時頃に外出されて、夕方の早い時間にはお帰りになっています」

「外から三〇二一号室の黒沢美佐男さん宛《あ》てに、電話がかかってきたり、訪ねてきた人はありませんでしたか？」

十津川が、フロント係に、きいた。

「それは、ございませんが、訪ねてきた人がいなかったとは限りません。お相手の方に部屋の番号を教えていれば、フロントを通さなくても、部屋に行くことができますから」

「外からの電話もなかったんですか？」

「ホテルにかかってきて、三〇二一号室に繋《つな》いでくれという電話は、一本もありませんでした。でも今のお客様は、ほとんどの方が、携帯電話をお持ちですから、わざわざホテルのフロントを通さなくても、連絡をつけられます。その点は、こちらでは確認のしようがありません」

と、フロント係が、いった。

「しかし、この部屋の中で、被害者、黒沢美佐男さんのものと思われる携帯電話が見つかっていない」

とすると、被害者黒沢美佐男を毒殺した犯人が、自分が特定されることを恐れて、携帯電話を、持ち去ったのだろうか？

「これは、ひじょうに大事な話ですから、正確なお答えが欲しいんですよ」

と、十津川は、断ってから、フロント係に、

「四月九日の夜、何者かが、この三〇二一号室に訪ねてきて、泊まり客の黒沢美佐男さんに青酸カリの入ったワインを飲ませた。これは、間違いありません。この人物ですが、フロントで、黒沢美佐男さんの名前をいい、何号室かを聞いたのですか？　それとも、フロントは通さずに、まっすぐ、この三〇二一号室に来たのでしょうか？」

「現在、フロント係は五人いますが、私を含めて誰も、四月九日に三〇二一号室について聞かれたという事実は、ありませんから、フロントを通さずに、まっすぐこの部屋にいらっしゃったものと思われます」

十津川は、今のところ、ほかには、聞くこともなくて、Tホテルを引き上げることにした。

この日の午後三時に、新宿署の中に捜査本部が、設置された。

西本《にしもと》と日下《くさか》の二人の刑事が、中毒死した黒沢美佐男が住んでいた墨田区内のマンションを訪ねていった。

JR総武《そうぶ》線の両国駅から車で二、三分のところにある八階建てマンションである。その「コーポ両国」の五〇二号室のドアには、黒沢美佐男という名刺が、表札代わりに貼られてあった。

管理人に警察手帳を見せ、部屋のドアを開けてもらう。

2DKタイプの、よくある間取りの部屋だった。

管理人によると、この部屋に住んでいた黒沢美佐男は独身で、一ヵ月前からこの部屋に入ったという。

二人の若い刑事は、2DKの部屋を入念に調べていった。

五十歳の中年の男の部屋にしては、何もない殺風景《さっぷうけい》な部屋である。簡易ベッド、衣装ダンス、テレビ、机、それが全てといってもよかった。

「何もないね」

西本が、感心したように、いった。

「たしかに、どこか仮の住まいという感じがするね」

と、日下も、うなずいた。

「黒沢さんは、一ヵ月前に、ここに入居したんですね？」

確認するように、西本が、管理人に、きいた。

「そうです。三月一日に、引っ越していらっしゃいました」

「このマンションで、黒沢美佐男さんは、何をしていたのですか？　どこかに、勤めていましたか？」

「それが、よく分からないのですよ。一日中、日曜日でもないのに、部屋に閉じこもっていらっしゃることもあるし、二、三日、突然、どこかに出かけて、部屋を空けることもございました」

と、管理人が、いった。

この管理人の言葉から、黒沢美佐男は、サラリーマンではなくて、フリーターといったらいいのか、少なくとも、どこかの組織に所属している人間ではないことがうかがえた。

西本と日下は、机の引き出し、あるいは、衣装ダンスなどを、調べてみたが、手紙の類《たぐい》や、写真などは一枚も発見できなかった。衣装ダンスの中も、五十歳の中年男性にしては、入っている服やズボンなどが極端に少なかった。

「誰か、黒沢さんを訪ねてくるような人はいましたか？　男性でも女性でも」

と、日下が、きいた。

「この部屋を、訪ねてきた人は、見当たりませんでしたよ。といっても、一ヵ月前からですからね」

管理人が、いう。

「黒沢さんは、携帯電話を持っていましたか？」

「ええ、もちろん、持っていらっしゃいましたよ」

「間違いありませんか？」

「ええ、間違いありません。黒沢さんが、どこかに携帯をかけているところを見たことがありますから」

「一ヵ月前の三月一日に、ここに入居してきたということですが、その時の契約書はありますか？」

「このマンションは、駅前の不動産屋さんが所有しているので、契約書は、そちらにある筈《はず》です」

と、管理人が、いった。

二人はすぐ、両国駅の近くにある不動産屋に行き、黒沢美佐男が、今年の三月一日に、あのマンションを借りる時に取り交わした契約書を、見せてもらった。

妙なことに、契約時の黒沢美佐男の住所の欄が、墨田区両国×丁目の、あのマンションになっていた。

そのことを、西本が指摘すると、不動産屋の社員は、

「実は、黒沢さんから聞いた話なんですけどね、それまで住んでいたマンションが火事で焼けてしまって、住めなくなってしまったというんですよ。それで、緊急避難といったような形で、あのマンションに入ったわけで、そんなことで、現住所を、契約後の住所にしたんですよ」

「それを確認しましたか？」

と、西本が、きいた。

「確認といいますと？」

「黒沢さんがいうように、前に住んでいたマンションが火災に遭《あ》って、本当に、焼けてし

まったのかということですが」

「いや、していません。そこまで、ウチは入居者の方を、疑ったりしませんよ。それに、黒沢さんという方は、見るからにしっかりした方で、ウチとしては、二ヵ月分の部屋代と敷金《しききん》などを、すぐに現金で払っていただいたので、これは間違いのない方だと思って、お貸ししたのです。ところで、黒沢さんに、何かあったのですか？」

西本は、逆に、不動産屋の社員に、聞かれてしまった。

「昨日、亡くなりました」

とだけ、日下が、いい、ビックリした様子の社員に礼をいうと、二人は署に戻ることにした。

3

午後六時から、第一回の捜査会議が開かれた。

まず、十津川が、

「これからご報告するのは、現在の時点に限定しての話ですが」

と、断ってから、事件について、三上《みかみ》本部長に報告した。

「今回の事件の被害者は、黒沢美佐男、五十歳です。住所は墨田区両国×丁目、コーポ両国五〇二号室となっていますが、このマンションには、一ヵ月前の三月一日に入居したばかりで、管理人に聞いても、マンションの住人に聞いても、黒沢美佐男については、ほとんど何も、知らないようです。また、黒沢美佐男は、このマンションを借りるに際して、それまで住んでいたマンションが、火事で焼けてしまって住めなくなったので、契約書の現住所を、これから住むコーポ両国にしてもいいかと聞き、結果的に、このマンションが現住所に、なってしまっています。管理人は、今、説明したように、黒沢美佐男に関しては、ほとんど何も知りませんでしたが、独身で、サラリーマンではない、いわばフリーターのような生活をしている人だったと証言しています。この黒沢美佐男は、四月七日に、新宿のTホテルのツインの部屋にチェックインし、その時に小田急線のロマンスカー、それの四月十日の午前中の切符を持っていました。そのまま受け取れば、被害者の黒沢美佐男は、四月十日の午前中に、新宿駅から小田急線のロマンスカーに乗って、箱根湯本に行くつもりだったと考えられます」

「ちょっと待ってくれ。黒沢美佐男という被害者は、両国に住んでいたんだろう？　それならどうして、そこからまっすぐ新宿駅に向かい、小田急線のロマンスカーに乗らなかったんだ？　そして、どうして、四月の七日から新宿のTホテルに泊まっていたんだ？　ムダだろう?」

「その理由は、まだ分かりません。強《し》いて考えれば、現在住んでいるコーポ両国よりも、新宿のTホテルのほうが新宿駅に近いからとしか、考えられませんが、これは、そう断定していいものかどうか分かりません」

「分かった。先に進んでくれ」

「四月七日からTホテルに泊まっていた黒沢美佐男は、四月九日の夜、青酸カリによる中毒で死亡しました。われわれが、ホテルからの知らせで、彼が泊まっていた三〇二一号室に行ったところ、黒沢美佐男は、床に倒れて亡くなっていました。一目で、青酸カリによる中毒死であることが分かりました。テーブルの上には、ロゼワインのボトルと、ワイングラス二つが載っていました。片方のワイングラスは床に倒れて転がっていました。その中に残っていたロゼのワインを、現在、科捜研《かそうけん》で調べていますが、おそらく、そこから青酸カリが検出されるものと考えています。問題の四月九日の夜ですが、ホテルのルームサービスの証言によると、午後十時十五、六分前に、三〇二一号室から、ロゼのワインのボトルと、ワイングラス二個を、午後十一時に持ってきてほしいという電話が入り、ルームサービスの女性が指示通りに、午後十一時ちょうどに持っていったところ、鍵が開いていて、中で黒沢美佐男が死んでいるのを発見したということです。この時間の流れを考えますと、まず午後十時十五、六分前に、黒沢美佐男が、ルームサービスに、十一時にロゼのワインを持ってくるようにと、注文しました。その直後に、犯人が、この部屋を訪ねてきたのではないかと考えます。その時、犯人も、ロゼのワインと二個のワイングラスを持ってきたのではないかと、思われるのです。そこで、持参したロゼのワインが、二個のワイングラスに注《つ》がれ、それを飲んだ黒沢美佐男が、青酸中毒死し、その後、犯人は、ワインのボトルや、ワイングラスの指紋を、拭き取ってから逃走したのではないかと、考えています」

4

翌日になると、鑑識と、司法解剖をした東大病院のほうから、結果が捜査本部に届けられた。

Tホテルの三〇二一号室に残されていたボトルの中のワインと、ワイングラスに残っていたワインから致死量の青酸カリが、検出されたという。予想どおりである。

司法解剖をした東大病院からは、黒沢美佐男の死因は、青酸カリによる中毒死であるという報告がなされた。これも予想どおりである。

しかし、被害者、黒沢美佐男の身元捜査の方は、遅々として進まなかった。

黒沢美佐男とは、いったい何者なのか？　家族はいるのか？　五十歳の現在、どんな仕事をしていたのか？

そうしたことが、いくら調べても、分からないのである。

この事件は、ホテルでの殺人ということで、新聞やテレビのニュースでも大きく報道されたので、捜査本部としては、肉親か、あるいは、友人、知人が名乗り出てくるのではないかと期待していたのだが、事件が報道されて二日経った四月十二日になっても、誰も名乗り出てくる者はいなかったし、電話をかけてくる者もいなかった。

四月十三日の午後、二回目の捜査会議が開かれた。

その席上、十津川は、二ヵ月前に発行された二月一日付けのM新聞を持ってきてそのコピーを、三上本部長や、ほかの刑事たちに配ってから、

「まず、それに目を通してください」

三上本部長は、けげんな顔をして、コピーを手に取ると、

「これは、二月一日の新聞だろう？　それが、今回の殺人事件と、何か関係でもしているのかね？」

「これは二十二面のコピーです。その紙面の半分を使って、面白い広告が出ています」

と、十津川が、いった。

全員が一斉に、M新聞の二十二面のコピーに目をやった。

紙面の半分を使って、大きな広告が載っていた。普通の新聞広告は、電気製品の広告だったり、新刊の書籍の広告だったりするのだが、そこにあったのは、何とも奇妙な広告だった。

そこには、大きな文字で、

「あなたは、黒沢美佐男を知っていますか?」

と、あった。

その後に、こんな文章が続くのである。

「今のところ、黒沢美佐男という名前をご存じの日本人は、おそらく、数えるほどしかいらっしゃらないと思います。黒沢美佐男は、無名の人物にすぎません。

しかし、黒沢美佐男、五十歳は、間違いなく、これからの日本を、背負って立つ英雄になる男であります。

現在の日本は、不安定な政治、諸外国からの圧力、そして、長引く不景気に苦しめられています。そして、この三重苦から逃れることができずに四苦八苦していますが、早ければ今年か来年、あるいは、遅くとも二年後には間違いなく、黒沢美佐男によって、この日本が救われることを、私たちは、確信を持って断言します。

彼の知識、経験、そして、決断力、それにもう一つ、資金力、それらによって、この日本は、三重苦から脱出できるのです。

黒沢美佐男。皆さん、この名前を、是《ぜ》非《ひ》とも覚えておいてください。

今年中、あるいは、来年になれば、今、私が申し上げた予想は、必ずや現実のものとなるでしょう。日本が救われ、新しい日本に生まれ変わるのです。そして、再び世界中から『ジャパン　アズ　ナンバーワン』と、いわれることになります。

もう一度繰り返します。

日本の皆さん、黒沢美佐男という名前を、よく覚えておいてください。
彼こそ、この混迷と暗黒の日本を救い出す、救世主です。

黒沢美佐男顕彰会」

全員が、その新聞広告を読み終わったのを見てから、十津川が、

「四月九日にTホテルで殺人事件が起きてから、いくら調べても、被害者、黒沢美佐男さんの身元が、分からずに困っていたのです。そんな時に、ふと二ヵ月前にM新聞に載っていた、この奇妙な広告のことを思い出したんですよ。この黒沢美佐男と、四月九日の夜、毒殺された黒沢美佐男とが、同一人物かどうかは、今のところ、分かりません。しかし、調べる価値はあるのではないかと思うのです」

「それで、君は、この二人の黒沢美佐男は、同一人物だと思っているのかね？」

と、三上本部長が、きいた。

「同一人物かどうかは分かりませんが、もし、同一人物であれば、この奇妙な広告を頼んだ男を追及していけば、四月九日のTホテルでの殺人事件も解決するはずだと思っています。そこで、この広告を載せたM新聞社に、行ってみようと思っています」

M新聞は現在、日本で最大の発行部数を誇っている大新聞である。亀井が、途中の車の中で、十津川に、

「この紙面の半分を使った広告ですが、M新聞を使って、このスペースだと、料金も、かなり高いんじゃありませんか？」

「私も、詳《くわ》しい値段は知らないが、いつだったか、紙面の半分で五百万円ぐらいだと聞いたことがある。たしかに、安くはないね」

こんなに大きな広告、それも、黒沢美佐男という一人の男に関する広告を、五百万円もの大金を使って、いったい誰が、何の目的で出したのか？　十津川には、どうにも分からないのである。

M新聞社に着くと、十津川は、営業で広告の仕事をやっている井上《いのうえ》という部長に会った。

十津川が、M新聞の二月一日付けの二十二面の広告欄を示すと、井上は、笑った。

「実は今、ウチの社内でも、この広告のことが、話題になっていましてね。黒沢美佐男というのが、いったい何者なのか？　社員たちが、あれこれと想像していたのですが、四月九日の夜になって、Tホテルで、泊まり客の黒沢美佐男という名前の男が殺されたじゃありませんか？　そうなると、社員の当てっこゲームが、異常に、盛り上がってきましてね。この二人は、同一人物なのだろうか？　同一人物なら、いったい、どういう人間なのだろうか？　今、ウチの社内では、この黒沢美佐男という人が一番の有名人になっているんですよ」

「ここに、黒沢美佐男顕彰会という名前がありますよね？」

十津川は、広告の最後を指さしながら、井上に向かって、

「広告を頼みに来たのは、この黒沢美佐男顕彰会という団体の人なんですか？」

「そうです。突然、この黒沢美佐男顕彰会という団体の人間だという人が、やって来まし

てね。広告の原稿を見せられたんですよ。『これを、一ページの半分のスペースで載せてほしい』と、そういわれました。広告料の五百万円は、その時、その場でいただきました」

「その時、黒沢美佐男顕彰会の人に、黒沢美佐男というのが、どういう人間か聞きましたか?」

「いや、何も聞いていません」

「どうして、何も聞かなかったんですか? 何かあった時のために、聞いておくんじゃありませんか?」

「一応、プライバシーに関することですからね。この黒沢美佐男については、私も、ほかの社員も、何も知りませんでしたが、だからといって、断るわけにはいかないでしょう? きちんと、広告料金はいただいたし、何といっても、今、不景気ですから」

「この黒沢美佐男顕彰会の住所とか、電話番号などの連絡先は、聞いていますか?」

「いや、それも聞いていません。何しろ、二月一日の一日だけ掲載する広告でしたし、顕彰会の人が、『今は、いろいろと自分たちのことについては、発表したくない。この広告にも書いてあるように、そのうちに、黒沢美佐男という人物が、英雄になりますから、その時にはもう一度、今度は全面広告を載せたいと思っています。その際には、こちらから、連絡させていただきます』、そういわれたので、連絡先も聞かなかったのです」

「顕彰会のどういう人が、広告のことで話しに来たのですか？」

「黒沢和幸《かずゆき》という名前の人で、そうですね、三十歳前後じゃなかったですかね。その人が来ました」

「五百万円を現金で払ったのですか？」

「ええ、そうですよ。『この五百万円は、顕彰会の人間が、みんなで、少しずつお金を出し合って、作ったものです』、そういわれましてね。こちらも感動してしまって、広告の掲載を承諾《しょうだく》したのです」

そういって、井上が、また笑った。

「黒沢和幸という人の名刺は、取ってありますか？」

「いいえ、もらっていないので、名刺はありません。平和の和に、幸福の幸と書いて和幸、黒沢和幸だ、というので、黒沢美佐男と関係のある人ではないかということぐらいは、想像しましたが、それ以上のことは、分かりません」

「こちらでも、広告の男、黒沢美佐男については、何も、分からないということですか？」

「そういうことになりますね。今、必死になって、どんな人なのかを、調べているのですが、手掛かりがなくて、困っています」

「こちらに来た黒沢和幸という人の顔は、覚えていますか?」

「一応は、覚えていますが」

「それでは、似顔絵作りに協力してください」

十津川は、頼み込み、亀井と二人で、広告担当の井上から、黒沢和幸という男の特徴を聞きながら、似顔絵を作っていった。

十津川は、その似顔絵を持って、捜査本部に帰った。

改めて、似顔絵を見てみると、やはりどこか、Tホテルで殺された黒沢美佐男に、似ているような気がした。二人の間には、何らかの、血縁関係があるのかもしれない。

似顔絵は、コピーして、刑事たちに配り、刑事たちは、それを持って、黒沢美佐男が、一ヵ月前から住んでいたというコーポ両国の周辺で、さらに徹底して、聞き込みを行った。

しかし、依然として、黒沢美佐男についても、黒沢和幸についても、情報は、全く集まってこなかった。

5

そこで、十津川たちは、黒沢美佐男が持っていた四月十日の、小田急線ロマンスカーの切符について、調べることにした。

小田急電鉄に、調べてもらうと、問題の切符は、小田急新宿駅で売られたものだと分かった。

十津川は、小田急新宿駅の窓口担当の社員五人に集まってもらい、黒沢美佐男の写真を見せて、この男が、新宿から箱根湯本までのロマンスカーの切符を買ったのを、覚えていないかを聞いてみた。

五人の社員は、丁寧《ていねい》に、黒沢美佐男の顔写真を見ていたが、誰一人として、写真の男を覚えている者はいなかった。

(こうなると、黒沢美佐男本人が、新宿駅の窓口に来て、四月十日のロマンスカーの切符を買ったというよりも、黒沢美佐男以外の誰か別の人間が、ここで問題の切符を買ったのではないか？　そう考えるほうが、いいのかもしれないな)

と、十津川は、思った。

そして、その切符が、黒沢美佐男に渡された。

あるいは、犯人が切符を手に入れて、四月九日、黒沢美佐男を、青酸カリで殺しておいてから、上着のポケットに入れておいたのかもしれない。

もう一つ、十津川が、気になったのは、殺された黒沢美佐男が持っていたという携帯電話のことである。

調べてみるとやはり、黒沢美佐男は、自分の携帯電話を持っていたことが、分かった。黒沢美佐男という名前で調べていくと、ドコモの携帯電話を、一年前の四月に入手していたことが分かった。そのナンバーもである。

十津川は、かけてみたが、通じなかった。

電池切れなのか、それとも、廃棄してしまったのかは分からない。

ナンバーが分かったので、一年前から、毎月いくらぐらいの料金を支払っていたのかを調べてみた。

すると、一年前の四月から今年三月まで、基本料金しか、支払っていないことが判明した。

刑事たちの聞き込みは、精力的に続けられていた。わずか一ヵ月間だけだが、黒沢美佐男が住んでいた墨田区両国のマンション、コーポ両国周辺の聞き込みである。

マンションから歩いて七、八分のところにあるコンビニの店員が、黒沢美佐男のことを覚えていた。

「この人なら」

と、店員は、写真を指さしてから、

「毎日のように、お昼頃、お見えになりましたよ」

「どんなものを買っていきましたか？」

三田村《みたむら》刑事が、きいた。

「あの人、五十歳くらいでしょう？　独り者だったんじゃないですかね？」

「どうして、そう思ったんですか？」

「独身の人間が買うようなものばかりを買っていきましたよ。おにぎり二個とか、菓子パン二つとか、あ、それから、ウチはアルコール類も、売っているんですが、時々、缶ビールを、買っていきましたよ」

「ワインは、どうですか？　ワインを買っていったことはありませんか？」

「ワインですか？　ご覧のように、ワインも扱っていますが、このお客さんは『自分はロゼしか飲まないんだ』と、そういっていましたね。ただ、ウチには、ロゼは置いていないので、このお客さんが、ワインを買っていったことはありません」

と、店員が、いった。

「毎日のように来たのは、お昼頃なんですね？」

三田村が、念を押した。

「ええ、毎日、お昼を少し過ぎた頃ですよ。十二時半から一時くらいの間じゃなかったですかね」

「お昼過ぎだけで、夕方は、来なかったのですか？」

「そうですね、夕方に、この人を見た記憶はありません」

と、店員が、いった。

「もう一度お聞きしますが、独身のように見えたんですね？」

三田村刑事と一緒に聞き込みをしていた北条早苗《ほうじようさなえ》刑事が、念を入れて、店員に、きいた。

「ええ、そうですよ」

「つまり、独身の人間が買っていくようなもの、例えば、おにぎりとか、菓子パンしか買っていかなかったから、そう思ったのですね？」

「ええ、そうです。おにぎりとか、パンとか、ジュースとか、そういうものです」

「それなのに、いつも来るのは昼頃で、夕方には来なかった。どうして、夕方には、一度も来なかったのか、分かりますか？」

「そこまでは、分かりませんけどね」

「今、あなたは、買い物の内容から独身のように見えた。そういったじゃありませんか？それなら、夕食に食べるものも、買ったのではありませんか？」

「夕方には、本当に、見かけませんでしたね」

「それでは、毎日昼頃に来て、たくさん買っていって、それを、夕食にも食べていたのかしら？」

「いや、それはなかったと、思いますよ。昼頃に来て買っていましたけど、おにぎりだったら二つとか、パンでも二個とか、三個とか、そういう買い方でしたから、お昼に全部、食べてしまったんじゃありませんか？」

「この近くに、ほかにもコンビニはありますか？」

「いや、ないはずですよ。スーパーはありますけどね」

と、店員が、いった。

早苗は、首を傾《かし》げた。黒沢美佐男という男は、毎日昼頃に来て、コンビニで、食料を買ったが、それは、どう考えても一食分だけである。当然、夕食に食べるべきものを、どこかで買っていたに違いない。

とすると、このコンビニではなくて、スーパーで、買っていたのか？

「スーパーは、どの辺にあるんですか？」

早苗が、きくと、店員は、周辺の地図を持ち出してきて、スーパーの場所を示してくれた。

黒沢美佐男が住んでいたマンションからは、かなり離れた場所にあることが分かった。

早苗の疑問が、さらに、大きくなった。

殺された男は、昼に食べるものをコンビニで買い、夜に食べるものは、わざわざ、離れた場所にあるスーパーに買いに行ったのだろうか？

捜査本部に戻って、報告すると、十津川も、首を傾げた。

「黒沢美佐男は、近くのコンビニに毎日、昼頃、通って、おにぎりや菓子パンを買っていたんだな？　これは間違いないね？」

「コンビニの店員は、間違いなく、毎日のように、昼過ぎに来ていたといっていました」

「しかし、夕方には来なかった。そうだろう？」

「そうなんですが、それが不思議だったんです。まさか、コンビニとスーパーを使い分けていたとは、思えませんから」

「コンビニとスーパーの違いって、何かあったかな？」

「私と三田村刑事は、スーパーにも行ってみました。置いてあるものは、コンビニとほとんど変わりませんね。昔は、野菜や魚などは、コンビニには置かれず、スーパーでしか買えなかったのですが、今ではコンビニでも、売っていますから」

と、北条早苗が、いった。

「スーパーの店員にも、黒沢美佐男の写真を見せて、確認はしたんだろう？」

「しました」

「それで、どういう返事が、あったんだ？」

「スーパーの店員は、黒沢美佐男の写真を見て、『このスーパーには、一度も来ていない。見たことのない顔だ』といっていました」

「そうすると、黒沢美佐男は、昼間だけ自宅マンション近くのコンビニに行って、食べるものを買い、夕方は、そのコンビニにも、スーパーにも行っていないということになってくるね。となると、黒沢美佐男の夕食は、コンビニやスーパーで、買ったものではなくて、近くにある食事の出来る店に行って、食べていたことになってくるね」

「あのあたりには、ラーメン店やそば屋や、あるいは、鰻《うなぎ》屋など、たくさんの飲食店が、ありますから、夕食を食べに行くのに、不自由はなかったと思います」

「そちらのほうの、聞き込みも、やったんだろう？」

「もちろん、やってみました。繁盛《はんじょう》しているラーメン店や、軽食の店に行って、黒沢美佐男の写真を見せましたが、あまり来ては、いませんね。どの店でも、そういっています。ラーメン屋で聞いても、一回か二回は食べに来たことがある。そんな返事でした」

「こうなると、黒沢美佐男は、別のところで夕食を取っていたことになるね。両国周辺ではなくて、もっと、東京の真ん中か、あるいは、東京以外のところで、食事をしていたことになる」

「一人で、わざわざ、そんなことをしていたとは思えませんから、夕食は誰かと一緒に、両国以外の場所で取っていたのではありませんか？」

と、早苗が、いった。

「しかし、なぜそんなことをしたんだろう？　どんな人間が、黒沢美佐男と夕食を、共にしていたんだろうか？」

「M新聞に、あの広告を載せた黒沢美佐男顕彰会という団体がありますが、そこの人間と、毎日のように、夕食を両国以外の場所で食べていたのではありませんか？」

と、三田村刑事が、いった。

「つまり、黒沢美佐男顕彰会は、実在したことになってくるね」

十津川が、首を傾げてしまった。それまで、黒沢美佐男顕彰会という組織は、架空の団体ではないかと、十津川は、思っていたからである。

実在するとしても、黒沢美佐男という男は、何者なのかという疑問にまたぶつかってしまうのである。

十津川はもう一度、M新聞の大きな広告に、目をやった。もし黒沢美佐男が有名人ならば、この大きな広告も、意味を持ってくることになる。

しかし、十津川は、いや、ほかの刑事たちも、誰一人として、黒沢美佐男が何者なのか知らないのだ。

とすると、五百万円もの大金をかけて、いったい誰が、何のために、黒沢美佐男個人の広告を載せたのだろうか？

十津川は、その疑問に、どうしても、戻ってしまうのである。

この広告を載せたM新聞の社員たちも、黒沢美佐男という人間については、何も知らないといっている。

念のために、十津川は、黒沢美佐男の指紋も調べてみた。警察庁にある前科者データと照合してみたのだが、黒沢美佐男のデータは見当たらなかった。

次には、亀井を連れて国会図書館に行き、紳士録や人名事典などを、手当たり次第に調べてみたが、そこにも、黒沢美佐男という名前は、見つからなかった。

こうなると、十津川も、意地になってきて、さまざまな分野の名簿を持ってきては、その中に、黒沢美佐男の名前を探した。映画やテレビなどのタレント名鑑を調べたり、各大学の卒業者名簿や、社員名簿を、片っ端から調べてみた。

だが、依然として、黒沢美佐男という名前に、ぶつからないのである。

次は、もっと、範囲を広げてみた。

東京の各区役所、そこの戸籍係のところに行って、区民の住民票を調べてもらった。その結果、黒沢美佐男という名前は、何人か見つかったが、しかし、その一人一人は実在していて、四月九日に毒殺された黒沢美佐男ではなかった。

最後には、各都道府県の警察本部に依頼して、各地域で、最近、黒沢美佐男という名前の人間が、何か、犯罪を犯していないか？　あるいは逆に、被害者になっていないかを調べてもらうことにした。

しかし、その網にも、黒沢美佐男という名前は、引っ掛かってこなかった。

「なぜ、身元がわからないのだ？」

思わず、十津川は、不満を声に出した。

ところが、そのとたんに、黒沢美佐男についての情報が、警察とM新聞社に殺到し始めたのである。

第二章　情報の集中

1

最初の情報提供は、捜査本部に送られてきた一通の手紙だった。差出人の名前は、ない。

封筒の中には、パソコンで打たれたと思える手紙が、一枚だけ入っていた。


「亡くなられた黒沢美佐男氏には、謹《つつし》んで哀悼《あいとう》の意を表します。

そこで、黒沢美佐男氏についての秘密を一つだけ明らかにして、警察に調べていただきたいことがあります。

最近、黒沢美佐男氏は、箱根の強羅《ごうら》付近に、時価三億円とも、四億円ともいわれる別荘を買い取りました。そこに住む決意をされたように思われます。

この別荘は、いわくつきの物件で、今回、黒沢美佐男氏が殺されたのも、この別荘が関係していると思われます。そこで、ぜひ警察に、黒沢美佐男氏の名誉のためにも、この別荘の問題を調べていただきたいと考え、こうして手紙を書きました。何卒《なにとぞ》よろしくお願いいたします。

黒沢美佐男氏のファンより」

十津川は、この手紙の真偽を確かめるために、西本と日下の二人を、ただちに、箱根の強羅に向かわせた。

二人の若い刑事は、パトカーを使わず、新宿から、箱根湯本行きの小田急ロマンスカーに乗ることにした。殺された黒沢美佐男が、同じ小田急ロマンスカーの切符を持っていたからである。

この小田急ロマンスカーは、新宿から箱根湯本までを一時間二十三分で走る。途中の停車駅は、小田原だけである。

新宿から五〇〇〇〇形と呼ばれる小田急ロマンスカー「スーパーはこね13号」に乗る。普通の列車に比べて、一両の長さが短いのは、カーブを切りやすくするためか。そのせいか白い車体は美しい白蛇に見える。

「どうも、妙な気がするな」

西本は、座席で、問題の手紙を読み返しながら、日下に、いった。

「何が？」

と、日下が、きく。

「この手紙によれば、殺された黒沢美佐男は、最近、強羅の近くに、三億円とも四億円ともいわれる別荘を買ったと書いてある」

「ああ、そうだ」

「バブルが弾《はじ》けた今、時価四億円の別荘といえば、かなり豪華な別荘だよ。ところが、その別荘に行くのに、黒沢美佐男は、車を使わずに、われわれと同じように小田急のロマンスカーで行こうとしていた。何だか妙じゃないか？」

「そうか、そういう意味か」

「これが、四億円で買った別荘に、ロールスロイスや、ベンツの高級車で行こうとしていたというのなら、納得できるんだがね。黒沢美佐男が持っていたのは、私鉄のロマンスカーの切符だよ。それが、何かしっくりしないんだよ」

「それは単に、車が、嫌いだったのかもしれないぞ」

と、日下が、いった。

二人は、箱根湯本で降りると、箱根登山鉄道に乗り換えて、強羅に向かった。ウィークデイにもかかわらず、強羅に向かう二両編成の箱根登山鉄道の車内は、かなり混雑していた。

乗客の中から英語が聞こえ、中国語が聞こえ、そして、韓国語が聞こえてくる。

そういえば、箱根湯本の駅には、英語と中国語と韓国語の案内があったのを、西本は、思い出していた。それだけ、外国人には、この箱根が、魅力のある温泉地になっているということだろう。

箱根登山鉄道は、また、スイッチバックでも有名である。それを見に来た鉄道ファンも乗っているらしい。

三回のスイッチバックを繰り返した後、列車は、終点の強羅駅に着いた。

強羅駅には、十津川が要請しておいたので、地元の五十嵐《いがらし》という刑事が、二人を待ってくれていた。

西本と日下は、駅前に停めてあった県警のパトカーに案内された。

「問題の黒沢美佐男の別荘は、分かりましたか？」

と、西本が、きいた。

「該当する別荘は、二つ見つかっていますが、それが、黒沢美佐男という男が、買った別荘かどうかは、まだ分かりません」

と、五十嵐が、いう。

「その別荘は、黒沢美佐男の名義に、なっていないんですか？」

「そうなんですよ。二軒とも別人の名義になっていますから、果たして、黒沢美佐男という男が買ったものかどうかは、まだ断定できません」

と、五十嵐刑事が、いった。

最初に案内されたのは、芦《あし》ノ湖《こ》を見下ろす高台にある別荘だった。

「十五年ほど前に、ある大会社の保養所として建てられたものですが、その会社の経営が苦しくなったせいもあってか、三年前に、田中春雄《たなかはるお》という、個人の名義に変更されています。保養所として建てた会社が、田中春雄という男に売却したものと、思われます」

と、五十嵐刑事が、いった。

「その田中春雄という男の身元は、はっきりしているんですか？」

と、西本が、きいた。

「今、それを、調べているのですが、はっきりしたことは分かっておりません」

現在、この別荘には、管理人の夫婦が住んでいるという。

西本たちは、その夫婦に会った。

五十代の夫と、四十代の妻の二人で、毎日、この別荘を掃除《そうじ》したり、庭に落ちる木の葉を掃《は》いたりしているという。

西本たちは、その夫婦に、別荘の中を案内してもらいながら、話を聞いた。

「持ち主の田中春雄さんという人は、かなり頻繁《ひんぱん》に、ここに来ているんですか?」

「毎年、夏になると、一ヵ月か、あるいは、二ヵ月、ここに滞在されていますが、それ以外の時には、ほとんど、お見えになりませんね。何でも、東京の会社の仕事が忙しくて、なかなか時間が、取れないんだとおっしゃいましてね。その間も、この別荘の中を掃除したり、切れた電球などは取り換えておかなくてはなりませんので、私たちは、何かと忙しいんですよ」

と、管理人の妻が、いう。

家族風呂のような小さな露天風呂があるかと思えば、広い大浴場もあって、どちらも温泉が引いてあるのだという。たぶん、大浴場のほうは、大会社の保養所だった頃の名残《なごり》だろう。

日下が、管理人の夫婦から、別荘の持ち主である田中春雄の住所と電話番号を聞いて、すぐ、東京にいる十津川に、それを知らせた。

西本は、管理人夫婦に、持参した黒沢美佐男の写真を見せ、名前を告げてから、

「この人が、こちらの別荘に来たことはありませんか？」

「いや、お見えになっていません。お会いしたこともありませんね」

と、夫が、いった。

二軒目は、芦ノ湖の反対側の、こちらも高台にある別荘だった。

一軒目の別荘は、鉄筋二階建てで、いかにも、住みよさそうに見える建物だった。広い芝生《しばふ》の庭もあり、小さいが、ゴルフの練習場もあったりして、現代風な別荘に見えたのだが、二軒目のこちらのほうは全く逆で、まるで、武家屋敷のように見えて、住みにくそうである。

「こちらのほうは、二十年前に、サラ金会社の社長が歴史好きで、戦国時代の武家屋敷をイメージして造らせた別荘だそうです。何でも当時の金で、三十億円もかかったらしいですが、一般の人には、ちょっと住みにくいかもしれませんね。何しろ、まるで武家屋敷ですから」

五十嵐が、いった。

こちらのほうも、別荘を去年の十二月に買い取ったという小池清之《こいけきよゆき》という男は、住んでいなくて、六十歳前後の管理人夫妻が、住み込んで、管理に当たっていた。

玄関を入るとすぐ、本物の二つの鎧《よろい》が飾られていた。鴨居には、これも本物の槍《やり》が。

中に入ると、広い浴場はないが、地下に岩風呂が造られている。この大きな岩も、おそらく、どこからか金に飽かせて、運んできたものだろう。

ここでも、同じ質問を、管理人夫妻にしてみた。

「持ち主の小池清之さんは、たびたび、こちらには、いらっしゃるんですか？」

「いいえ、滅多《めった》に来られません。ただ、いらっしゃる時には、お客さんを連れてこられますので、おそらく、小池さんは、そうした接待のために、この武家屋敷風の別荘をお買いになったのだと思いますね」

管理人の夫のほうが、いった。

ここでも、日下刑事が、管理人夫妻に、黒沢美佐男の写真を見せて、

「この人を見たことは？」

管理人夫婦は、首を横に振り、

「全く知らない方ですし、黒沢美佐男という名前も、一度も聞いたことがありません」

西本は、小池清之の東京の住所と電話番号を聞くと、すぐ東京の十津川に、伝えた。

「君たちは、もう一日、そこに泊まって、田中春雄と、小池清之という二人の持ち主のことを、詳しく調べてくれ」

と、十津川が、いった。

2

翌日、西本と日下の二人の刑事は、五十嵐刑事に頼んで、県警の鑑識に来てもらい、二つの別荘に残っている指紋を採取してもらった。殺された黒沢美佐男のものと照合するためだった。

次に、田中春雄と小池清之の似顔絵を、作ることにした。

二つの別荘の管理人夫婦が、一番よく持ち主を、見ているので、似顔絵作りに協力してもらった。

二枚の似顔絵ができ上がると、西本と日下の二人は、それを持って、芦ノ湖の湖岸にあるレストラン、土産物店《みやげもの》、コンビニエンスストア、観光船の案内所などを訪ねて、似顔絵の男を見たことがないかどうかを、聞いて回った。

地元の人たちの反応は、極端に分かれた。田中春雄の似顔絵に対しては、特に、夏になると、よく見る人だという証言があった。女性と一緒に観光船に乗っていたという人もいたりするのだが、小池清之の方は、会ったことがあるという地元の人たちの声は、一つも聞くことができなかった。

どうやら、田中春雄の方は、よく別荘を利用するが、小池清之の方は、滅多に利用せず、別荘にやって来ても、箱根周辺を歩き回ったりはしないのだろう。

更に、もう一度、管理人夫婦に確かめると、小池清之に本当に会ったのは、二回か三回しかないのだという。

「それでは、小池さんが、別荘に来たことも、二、三回しかないんですか？」

西本が、きくと、管理人夫婦は、

「そうじゃありません。たいてい、いらっしゃる時は、私たちに、家に帰っていなさいといわれるので、お会いすることが、ほとんどないんです」

「よく、人を連れて来たというのは、どうなんですか？　それも、嘘ですか？」

「二回か三回しか、お会いしていませんが、いつも、おひとりなので、こんな大きな別荘に、おひとりでは寂しくありませんかといったら、この別荘は、接待に使っている。人に聞かれたら、そういうようにといわれたんです」

「管理人になって、何年ですか？」

「まだ半年足らずです」

「それで、小池清之さんに会ったのは、三回ですか？」

「はい」

「そうなると、持ち主が、小池清之さんかどうかも、わかりませんね？」

「そういうことは、私たちには、わかりません。ただの管理人ですから」

と、夫婦は、いった。

二人が、捜査本部に帰ると、十津川が、待っていたように、

「怪《あや》しいのは、小池清之の方だな」

と、いった。

「田中春雄の方は、君たちが調べた住所に住んでいる。そして、今のところ黒沢美佐男とは、接点がない」

「小池清之の方は、どうですか？」

「実在する人間だが、二ヵ月前ぐらいから行方不明になっている」

「箱根でも、この男は、怪しい感じでした」

西本が、管理人夫婦の証言を十津川に、伝えた。

そこで、二人の刑事が、二つの別荘から採取してきた指紋を、殺された黒沢美佐男の指紋と、照合した。

その結果、第二の別荘、武家屋敷風の別荘から、採取した指紋と、黒沢美佐男のものが一致した。

その日の捜査会議で、十津川は、この結果を、三上本部長に説明した。

「箱根にある別荘ですが、時価四億円といわれています」

十津川は、西本と日下の二人が撮ってきた武家屋敷風の別荘の写真数枚を、三上に見せた。

「この別荘の持ち主は、東京に住む小池清之ということになっていますが、この男は、二ヵ月前から行方不明です。また、この別荘から採取した指紋が、先日東京で殺された黒沢美佐男のものと一致しました。この結果、別荘の本当の持ち主は、黒沢美佐男ではないかという疑いを持っています」

「確か、箱根の別荘のことで、捜査本部に投書があったな？」

と、三上がきく。

「ここにあります。最近、黒沢美佐男が、三億円とも四億円ともいわれる箱根の強羅付近にある別荘を買い取った。いわくつきの別荘で、それを調べてくれとあります。差出人の名は、黒沢美佐男氏のファンです。ふざけたサインです」

「君は、その別荘が、殺人事件と関係があると思うのか？」

「正直にいって、断定はできません。行方不明の小池清之が見つかればと、思っているのですが」

「二ヵ月前から、行方不明なんだな？」

「そうです」

「二ヵ月前というと、例の新聞広告も、二ヵ月前だったんじゃないのか？」

「そうです。大新聞に、大きなスペースを使って、黒沢美佐男という一個人の広告が載ったのが、二ヵ月前で、同時期です」

「そのことも、殺人事件に関係があると思うか？」

「わかりませんが、今は、関係ありと考えて、捜査するつもりです」

と、十津川は、いった。

3

二通目の情報提供の手紙は、黒沢美佐男の広告をのせたM新聞社に、届いた。

こちらも、差出人の名前はなく、パソコンで打たれた手紙になっていた。

「殺された黒沢美佐男氏は、ＯＫジャパンという人材派遣会社の会長をやっていました。

この人材派遣会社は、新宿西口に本社があり、二百人近い社員が、働いています。そこに登録された名前も、千人を超えていると聞いたことがあります。

黒沢美佐男氏が亡くなった後、そのOKジャパンは、どうなるのでしょうか？

その件について、新聞社として調べていただけませんか？

どうかよろしくお願いいたします。


黒沢美佐男氏のファンより」


新聞社としては、まず、この投書が、正確なのかどうかを、調べなければならなかった。

そこで、記者がカメラマンを連れて、新宿西口にあるOKジャパン本社に、行ってみることにした。

新宿西口の初台《はつだい》寄りに、雑居ビルがあって、その一階から三階までをOKジャパンという派遣会社が使っていた。

記者の高木《たかぎ》が、受付で新聞記者章を見せ、責任者に会いたいと告げると、すぐ三階の社長室に案内された。

出てきた社長は、四十二、三歳の女性である。高木に、木下由香《きのしたゆか》と書かれた名刺を差し出してから、

「新聞記者さんが、どういうご用件でしょうか？」

「失礼ですが、この会社には、何でも、黒沢美佐男さんという会長がいるとお聞きしたのですが、間違いありませんか？」

社長の木下由香は、笑って、

「ウチには、会長はおりませんけど、政治家の先生に、顧問をお願いしています」

佐々木《ささき》勇《いさむ》という保守党の長老だという。高木の記憶によると、たしか、国務大臣をやったこともある、七十代の代議士だったはずである。

「なぜ、保守党の佐々木代議士を、顧問に迎えているのですか？　先生を顧問にすることで、何かプラスがありますか？」

遠慮なく、高木が、きくと、木下社長が、笑って、

「こうした仕事をやっていますと、いろいろと、政治家の先生のお力を、お借りしなければならないこともありますからね。それでお願いしています」

「黒沢美佐男という名前は、お聞きになったことがありませんか？」

「黒沢さんですか？　その方、どういう方でしょうか？　ウチに登録している方でしょうか？」

「いや、そうじゃありません。実は、ウチに投書がありましてね。この黒沢美佐男という人が、こちらの会長をやっていると、書かれていたんですよ。それが事実かどうかを確認

したくて、お伺《うかが》いしたのですが」

「それは、おかしいですわね。今も申し上げたように、ウチには会長は、おりません。保守党の佐々木先生に、顧問をお願いしているだけですから。その投書の方は、何か、勘違いをなさっているのだと思いますけど」

「この会社でも、社長さん個人でも構わないのですが、箱根に、別荘をお持ちではありませんか？」

「残念ですけど、ウチは、設立してまだ三年しか経っていませんから、別荘とか、保養所というようなものを、持つまでにはなっておりません。早く別荘や保養所が持てるようになればいいんですけど」

と、笑いながら、木下由香が、いう。

「こちらで、登録している人の名簿と職員録があると思うのですが、それを見せていただけませんか？」

「それは困ります。個人情報は、守らなければいけませんから」

社長の木下由香が、きっぱりという。

「失礼ですが、社長は今、どこにお住まいですか？」

「京王《けいおう》線の上北沢《かみきたざわ》というところに住んでおりますけど」

「墨田区に住まわれたことはありませんか?」

「東京の下町に住みたいと思ったことはありますわ。しかし、実際に住んだことはございません」

その時、社長の持っていた携帯に電話が入り、木下由香は、高木に向かって、

「仕事の電話ですので、申し訳ございませんけど」

と、いう。

「いや、社長にお聞きしたいことは、全部お聞きしましたので、これで失礼させていただきます」

と、いって、高木は、立ち上がった。

社に帰ると、高木はすぐ、デスクに報告し、そのあと、警察に連絡した。投書のこと、OKジャパンの件を話した。

「なかなかしっかりした女性社長でしたよ。顧問には、保守党の佐々木代議士がなっています。しかし、あの会社の職員録と登録している人間の名前を、知りたかったのですが、個人情報だから、どちらも見せられないと、断られました」

「どちらかに、黒沢美佐男の名前があるのではないかと、高木さんは、思ったわけですか?」

「確信していたわけではありませんが、もし、載っていれば、面白いなと思っただけですよ」

と、高木が、いった。

十津川は、亀井と二人、翌日、新宿西口にあるＯＫジャパンの本社を、訪ねた。

十津川は、木下社長に会うと、意識して、高飛車に出ることにした。

「実は、われわれは、先日、都内のホテルで起きた殺人事件の捜査をしています。被害者の名前は、黒沢美佐男、五十歳です。この黒沢美佐男と、こちらのＯＫジャパンとが、何か関係があると指摘した投書がありましてね。それを調べているわけですよ。ぜひご協力をお願いしたい」

「でも、ウチは、そんな殺人事件とは、何の関係も、ありませんけど」

「それは、分かっています。ただ、今申し上げたように、投書がありましてね。われわれとしては、一応、調べないわけにはいかないのですよ。ぜひ職員録と、登録されている人の名前を全部、教えていただきたいのです」

「その中に、犯人がいると、刑事さんは、考えていらっしゃるんですか？」

「断定しているわけではありません。どうしても、個人情報は、見せられないとおっしゃるのでしたら、仕方ありません。令状を持ってこなくては、なりませんが、それでも構いませんか？」

十津川が強い目で、木下由香を見た。

それでやっと、木下由香は、職員録と登録者の名簿を見せてくれることになった。

十津川と亀井が、二つの名簿を調べようとすると、社長の木下由香は、

「私がいたのでは、調べにくいのではありませんか？　少しの間、席を外しましょう。ほかに仕事もありますから」

自分のほうから社長室を出ていった。

「何だか、やたらに、物わかりのいい女性社長ですね」

と、亀井が、いった。

「いや、物わかりがいいように、見せているだけかもしれないな。それに、職員録と登録者の名簿の中には、黒沢美佐男の名前がないことが分かっているから、安心して、席を外したのかもしれん」

と、十津川が、いった。

二人は、職員録と、棚にずらりと並んだ名簿を、一冊、二冊と調べていった。

やはり、十津川が予想した通り、どちらにも、黒沢美佐男という名前は見つからなかった。

「ありませんね」

「ないのが当然かもしれんな」

十津川は、立ち上がると、

「結局、肩が凝《こ》っただけか」

と、いいながら、改めて社長室の中を見回した。

社長と向かい合って座っていたので、気がつかなかったのだが、社長の方から見えるところに、パネルが何枚か飾ってあった。十津川は、その中に、見覚えのある景色を、発見した。

箱根の芦ノ湖の写真である。

芦ノ湖の写真は、一枚だけで、西本と日下の二人が撮ってきた、別荘の写真は、見当たらなかった。

十津川は、持参した携帯を使って、すばやく、二、三枚撮影した。その時に、木下社長が戻ってきた。

「どうですか、何か怪しいものが、ありましたか?」

笑いながら、木下由香が、きく。

「全く見つかりませんでした。どうやら、こちらの会社は、殺人事件とは、何の関係もないようですね」

十津川が、笑顔でいった。

4

捜査本部に戻ると、十津川は、西本と日下の二人を呼んで、

「もう一度、問題の箱根の別荘に行って来て貰いたい」

「あの別荘の何を調べて来ますか？」

「いや、別荘に行って、写真を撮って来て欲しい。別荘の写真ではなくて、別荘から見える、芦ノ湖の写真だ。特に芦ノ湖の箱根神社の鳥居を入れて、撮ってきて貰いたい」

「芦ノ湖の写真ですか？」

「そうだ。別荘の中から、撮って来て貰いたいんだよ。その条件が大事なんだ」

十津川は、わざと理由は、いわなかった。

西本と日下は、すぐ箱根に行き、問題の別荘の窓や、芝生から、数十枚の芦ノ湖の写真を撮って帰ってきた。

二人が、その写真を、ずらりと、机の上に並べると、十津川は、ＯＫジャパンの社長室

で撮ってきた写真を、その横においた。

「問題は、角度だな」

と、十津川は、いった。

「湖の中に立っている箱根神社の赤い鳥居があるだろう。その鳥居が、どんな角度で見えるかが、問題なんだ」

「これとこれが、ほとんど同じ角度で、鳥居が写っていますよ」

西本が、自分が撮ってきた写真の一枚と、十津川のものを一枚取りあげた。

「君の写真は、別荘の何処《どこ》で撮ったんだ？」

と、十津川がきいた。

「別荘の二階の窓からです。一番芦ノ湖がよく見える場所です」

「別荘の近くに、他にも民家が建っているか？」

「いえ。あの辺りは、豪邸ばかりで、家と家の間は、かなり離れています」

「それなら、まず、同じ場所から芦ノ湖の写真を撮ったと見て間違いないな」

「そうですね。多分、あの別荘の二階の窓から撮ったものだと思います」

と、西本は、笑顔になったが、

「警部は、あまり、嬉《うれ》しそうじゃありませんね？」

と、首をかしげた。

「確かに、OKジャパンの社長室にあった写真は、間違いなく、あの別荘から撮ったものだと断定していいと思う。しかし、その写真を、あの女社長が、自分で、撮ったものかどうかが、わからないからな。誰かに貰ったものだというかも知れない。そうなると、彼女と、あの別荘とが結びつかないし、黒沢美佐男と関係があると断定もできなくなる」

十津川の言葉は、あくまで、慎重だった。

十津川が、慎重なのには、理由があった。

黒沢美佐男が、殺されたのは、厳然たる事実である。

しかし、そのあと警察が動いたのは、捜査本部と、新聞社に送られてきた、差出人不明の手紙によってである。

「黒沢美佐男氏のファン」とあるが、どんな人間が、どんな目的で、手紙を送ってきているのかが、わからないのである。

ひょっとすると、黒沢美佐男を殺した犯人が、警察を間違った方向に誘導しようとしているのかも知れない。

十津川としては、用心深くならざるを得ないのである。

犯人に誘導される危険はあるが、だからといって、捜査を中断するわけにはいかなかった。ここは、ひとまず、相手の誘いにのった形で、捜査を続けることにした。

そこで、十津川は、次に、人材派遣会社ＯＫジャパンの顧問をしているという佐々木代議士に会ってみることにした。

アポイントをとり、亀井と二人、議員会館で、佐々木代議士に会った。小柄だが、眼つきの鋭い老人だった。

十津川は、会うなり、

「お忙しいと思いますので、単刀直入にお伺いします。先生は、新宿西口に本社のある人材派遣会社ＯＫジャパンに関係されていらっしゃいますね？」

と、きいた。

「ああ、関係があるといえばあるよ。私は、その会社の顧問を頼まれているからね」

佐々木代議士が、答える。

「先生は、どういう経緯があって、あの会社の顧問を引き受けられたのですか？　どなたかのご紹介ですか？」

「私はね、いろいろなところから、頼まれることが多いんだよ。ある会社からは顧問をやってくれといわれたり、ある団体からは理事長になってくれといわれたり、そういう頼みが多いんだ。その中から、現在の社会に貢献していると思える会社や団体があれば、力をお貸しすることにしている。あのOKジャパンという人材派遣会社の場合も、同じだよ。現在、雇用問題が、社会の大きな問題になっているからね。あの会社が、雇用に大きく貢献していると思ったので、私は、顧問を引き受けることにしたんだ」

「あの会社の社長は、木下由香さんという女性ですが、彼女とは、昔からのお知り合いですか？」

「いや、ある友人から頼まれて顧問になったので、その時に、初めて知り合った。だから、昔から親しかったわけじゃないよ」

「黒沢美佐男という名前に、ご記憶ありませんか？」

「黒沢美佐男？　誰だね、その黒沢美佐男というのは？」

「先日、都内のホテルで殺された男の名前です」

十津川が、いうと、佐々木は、ムッとした表情になって、

「バカなことを聞きなさんな。そんな男と私が関係あるはずがないだろう！」

その時、佐々木代議士の携帯が、鳴った。

「ちょっと失礼する」

と、いって、携帯を持って、佐々木は、部屋を出ていったが、二、三分すると、戻ってきて、今度は、いきなり、

「今日限りで、私は、あの派遣会社の顧問を辞めることにしたよ。これで、私とＯＫジャパンとは、何の関係もないことになった」

今度は、十津川のほうが、面くらってしまって、

「いきなり、どうされたのですか？　何かあったんですか？」

と、きいた。

「いや、別にどうもしない」

「しかし、何かあったんじゃありませんか？」

「君の話を聞いているうちに、私には、ああいう会社の顧問というのは、向いていないと思ったので辞退することにしたんだ。それだけのことだよ。別に、特別な理由があったわけじゃない」

「よく分かりませんが」

「今もいったように、いろいろな会社や団体から電話がかかってきて、顧問をやってくれとか、理事長になってくれとかいわれるのだ。私は、頼まれるとイヤとはいえない性格だから、ほとんど全部、引き受けていたのだが、冷静になって考えてみると、あまりにも、たくさんの肩書がついてしまって、肝心の政治活動がおろそかになってしまう。そこで、この際減らそうと思ってね。今、秘書に、その件を頼んできたんだよ。ＯＫジャパンの顧

問も辞めることにした。だから、もう、私とＯＫジャパンとの関係は、何もなくなったということだよ」

「分かりました」

と、十津川は、肯《うなず》いたが、

（どうやら、あの派遣会社と、何かあったらしい。しかし、このままでは、いくら理由を聞いても、本当のことは、しゃべってくれないだろう）

そう思い、亀井を促《うなが》して、いったん、引き下がることにした。

5

捜査本部に戻ってから、十津川は、議員会館で、佐々木代議士から渡された名刺を取り出して、その裏を見た。

なるほど、佐々木本人がいうように、大判の名刺の裏には、びっしりと、頼まれている顧問とか、理事長の肩書が、書き込まれてあった。ある大手の建設会社の相談役、慈善団体の理事長というのもあるし、あの人材派遣会社の顧問という肩書もちゃんと書き込んである。

十津川が数えてみると、全部で十六もの肩書があった。

中には、プロゴルフ協会の理事長というのもあったし、日本ワイン財団の理事長という肩書もある。

問題は、なぜ、突然、ＯＫジャパンの顧問を辞めることを、わざわざ十津川にいったのかということである。

捜査会議でも、そのことが議論の的になった。

「来年の春に、総選挙が、予定されています。それに備えて、身辺の整理をしているのではありませんか？」

と、いう刑事が、いた。

それに対して、三上本部長が、

「選挙目当てなら、人材派遣会社の顧問というのは、プラスになる肩書なんじゃないのかね？」

と、いった。

（その通りだ）

と、十津川も、思った。

あの人材派遣会社には、千人もの人間が登録されている。その登録者の票だって、佐々木代議士にしてみれば、貴重な一票になるはずである。

それなのに、なぜ、今になって突然、顧問を辞めるといい出したのか？

理由は、翌日になって分かった。

三通目の投書が、捜査本部に届いて、それに、こんな内容が書かれてあったからである。

「警察が今回調べた人材派遣会社ＯＫジャパンには、売春斡旋《ばいしゅんあっせん》の容疑があります。

あの会社は、表向き人材派遣の仕事をやりながら、裏では、登録された女性の名前を男性の名前に変えて、売春の斡旋をしているのです。

ＯＫジャパンは、政治家の佐々木代議士を顧問に迎えて、いかにも現代社会に必要な事業をやっているように見せかけていますが、売春の疑いが、いつもつきまとっているのです。

残念ながら、亡くなった、黒沢美佐男氏が、あの会社の会長をやっていたことは、間違いありません。もちろん黒沢氏は、売春については、知らなかった筈です。

黒沢美佐男氏のファンより」

「これで、佐々木代議士が慌《あわ》てて、あの派遣会社の顧問を辞めた理由が、分かったよ。来年の春には総選挙がある。その時に、売春の疑いのある人材派遣会社の顧問をやっていたら、それこそ致命的で、選挙に影響してしまうからね」

十津川が、いった。

「あの時、佐々木代議士の携帯に、電話がかかってきましたが、あれはおそらく、誰かから、忠告されたのではありませんか？　それで慌てて、顧問を辞退したんじゃありませんかね？」

と、亀井が、いった。

「おそらく、そうだろう」

十津川は、捜査二課の刑事に、その点をきいてみることにした。

人材派遣会社ＯＫジャパンの売春斡旋の疑いについてである。

捜査二課で、十津川と同期で警視庁に入った片柳《かたやなぎ》に話を聞くと、

「売春斡旋の証拠は、つかめていないんだ。ただ、時々、そんなウワサが流れてくる」

「あの会社の女性社長、木下由香から、事情聴取をしたことがあるのか？」

「たしか二度だったかな、本人を呼んで話を聞いたことがあるよ。しかし、証拠があるわけじゃないからね。それ以上、追及できなかったよ」

「もし、あの会社が、本当に売春の斡旋をしているとなると、いったい、どんな形でやっ

ているんだ？　その点は、分かっているのか？」

「やり方自体は、極めてシンプルでね。派遣会社に登録している人間の三分の一は、女性だといわれている。その女性の中から、若くてスタイルのいい、男好きのする女性を選んで、彼女たちに男の名前をつけ、売春を斡旋する。おそらく、そういうことで間違いはないと思うんだが、どうしても、証拠がつかめなかった」

「木下由香という女性社長は、どうなんだ？」

「おそらく、彼女は、単なる雇われ社長だろうね。そんな感じを受けたよ」

「顧問をやっている佐々木代議士は？」

「万一の時には、政治家を抱えていたほうがいいだろうと思って頼まれている、いってみれば、何かあった時の保険のようなものだな。確かに、捜査の時には、邪魔《じゃま》になったからね。だから、社長の木下も、顧問の佐々木も、本当のボスではないと思うね」

「捜査中に、黒沢美佐男という名前が、浮かんだことはないのか？」

「いや、その名前は初めて聞くよ。少なくとも、あのＯＫジャパンという会社に絡《から》んでは、一度も聞いたことがない名前だよ」

「名前も、浮かんだことなしか」

十津川が、独り言のようにいうと、

「しかし、逆に考えれば、だからこそ、あの派遣会社の本当のボスかもしれないな」

だが、問題は、黒沢美佐男という男の身元がはっきりしないことなのだ。

次の捜査会議では、その曖昧《あいまい》さを、三上本部長が、問題にした。

「黒沢美佐男という男だが、いまだに身元が、はっきりしないわけだろう？　黒沢美佐男は、箱根に、時価四億円の別荘を持っていると投書にあった。しかし、名義は、黒沢美佐男ではなくて、小池清之だったが、この男の身元も、はっきりしないうえに、行方不明になっている。次に、黒沢美佐男は、ＯＫジャパンという人材派遣会社の会長をやっているという投書があったが、調べていくと、その会社には、会長ではなくて顧問がいて、その顧問を務めていたのが、保守党の代議士だった。いくら調べても、この人材派遣会社に関して、黒沢美佐男という名前を、見つけ出すことはできなかった。そうだろう？」

「その通りです」

「私には、調べれば調べるほど、黒沢美佐男という男から、離れていくような、そんな気がするんだがね。君は、どう感じているんだ？」

三上が、十津川を見た。

「確かに、そんな感じがしないでもありませんが、黒沢美佐男が、何処で生まれたかは、わかっています。簡単な経歴もです」

と、十津川は、いった。

黒沢美佐男が、死んだ時の住所は、東京都墨田区両国のマンションの一室になっていた。そこにあった住民票から、辿《たど》っていき、滋賀《しが》県近江八幡《おうみはちまん》市に生まれたことを、確認していた。

今から五十年前の八月二十日、近江八幡市内で、生まれている。

S大を卒業後、アメリカに留学し、三十歳で起業家となった。その後、東京にいるらしいというウワサが聞こえたが何をしているのか、結婚したのかどうかもわからなかった。

「そして、突然、東京のホテルで殺されたという知らせを受けたことになります」

と、滋賀県警からの調査報告書には、書いてあったのである。

「高校時代の同窓生は、今も数人近江八幡市内に住んでいますが、誰も、三十歳以後の黒沢美佐男の消息を全く知らなかったと、いっています。彼等が知っている高校生の黒沢美佐男は、頭が良く、そのせいか、他人を小馬鹿にしたようなところがあったといいます。卒業の時に、各自、好きな言葉を書き残したのですが、黒沢美佐男の言葉は、次の通りです。

『人は人　吾《われ》は吾なり』

これは、高杉晋作《たかすぎしんさく》の言葉で、黒沢は、生まれた月日が、高杉晋作と同じだったので、彼の言葉を書いたのだろうと、友人は、いっています。

黒沢美佐男について、当方でわかるのは、このくらいのもので、申しわけありません」

確かに、地元の近江八幡では、三十歳までの黒沢美佐男しかわからないのだから、仕方がないというべきだろう。

二日後、四通目の手紙が、今度は、M新聞社に舞い込んだ。

「黒沢美佐男氏は、富士の樹海で自殺を図った若い娘を助けようとして、彼自身危うく死にかけているのです。彼女を助けられなかったことを恥《は》じて、黒沢氏自身、沈黙を守ってきたので、殆《ほとん》どの人が、真相を知りません。もし、貴紙が、この隠れた美談を明らかにして下さった時は、私は、微力ながら、故人のために、二千万円を出して、樹海の入口に、記念碑を建てる所存です。

黒沢美佐男氏のファンより」

第三章　美談の罠

1

M新聞社では、二通目の手紙の取り扱いに苦慮していた。

一通目の手紙は、人材派遣会社OKジャパンと黒沢美佐男との関係を、調べてみろという内容だった。

最初、M新聞社ではスクープを狙って、警察には通報せず、独自の判断で、OKジャパンを調べていった。

しかし、期待したようなスクープにはならず、警察には、苦情をいわれたのである。

そして、二通目の、手紙である。

緊急の会議が開かれ、最終的には、社長の判断で、二通目の手紙は、警察に届けることになった。ただし、その結果が、ニュースになる場合は、まず最初に、M新聞社に、知らせてくれることという条件をつけてである。

警察は、M新聞社からの、申し出を受け入れた。

結局、この手紙については、警察が捜査することになった。何しろ、手紙に書かれた人物は、殺人事件の被害者であり、その殺人事件は、いぜんとして、解決していない。

捜査会議が開かれた。捜査する理由について、三上本部長が、刑事たちに説明した。

「今回の事件の始まりは、四月九日に、都内のホテルの一室で、黒沢美佐男という男が死体で発見されたことにある。男の所持品の中に、翌四月十日の、小田急ロマンスカーの切符があった。箱根湯本までの切符である。黒沢美佐男は、翌日、箱根に行く予定になっていたが、その前日の四月九日に、何者かに、殺されてしまったことになる。この黒沢美佐男については、殺される二ヵ月前のM新聞に、何者かが、紙面の半分の大きさで、五百万円を使って、黒沢美佐男個人の広告を載せていた。『黒沢美佐男は、将来の英雄である。彼によって、日本は不況を脱し、新たな成長を見るだろう』、そんな広告である。ところが、この黒沢美佐男については、何者なのか、誰も知らなかった。そして、二ヵ月後の、四月九日に、彼は、殺されてしまった。その後、黒沢美佐男氏のファンという、署名入りの手紙が、警察に二通、広告の載ったM新聞社に、一通届けられた。内容は思わせぶりで、殺された黒沢美佐男が、箱根に四億円で別荘を買ったとか、ＯＫジャパンという人材派遣会社の、会長をやっていて、その人材派遣会社は、裏で売春の斡旋をしているという告発だった。われわれは、その会社を、調べてみたが、証拠は、見つからなかった。今度は、四通目で、Ｍ新聞社に届けられた。その手紙が、ここにある」

三上の指示で、問題の手紙が、大きく映し出された。

「私は、この手紙について、調べてみることにした。理由は、いまだに、黒沢美佐男に関する殺人事件の手掛かりが、つかめないこと、容疑者が、浮かんでいないことである。ただし、この捜査は、慎重を要する。なぜなら、黒沢美佐男氏のファンと称する、手紙の主の意図が、分からないからだ。黒沢美佐男という男について、称賛するかと思えば、人材派遣会社ＯＫジャパンについては、売春斡旋の疑惑があるといい、黒沢美佐男が、その会社の会長をしていると、告発している。これは明らかに、黒沢美佐男という男を、批判している。従って、慎重に捜査を進めて貰いたい」

三上本部長の指示のあと、捜査が開始された。

十津川は、第四の手紙にあった美談について、まず調べてみることにした。

十津川と亀井は、電車を使わず、覆面パトカーで、富士の樹海に向かった。

県警には、わざと、何の通知もしなかった。この美談めいた話が、今回の殺人事件と何の関係もなければ、いたずらに県警に、迷惑をかけてしまうからである。

富士吉田市《ふじよしだ》のほうから、富士の樹海に向かって、パトカーを走らせて行く。そのパトカーの中で、二人は、今回の手紙について、話し合った。

「今回この捜査を始めるに当たって、三上本部長は、とにかく慎重にといわれたが、その点は、同感なんだよ」

十津川が、いうと、運転している亀井が、笑って、

「珍しく、警部と、刑事部長の意見が一致しましたね」

十津川も、苦笑しながら、

「私にも、手紙の主の意図が分からない。殺された黒沢美佐男を、誉めているのか、それとも、けなしているのか、それも分からないんだ」

「ただ、今回の手紙は、明らかに、黒沢美佐男を、美化していますね」

「いや、誉めているように、見せかけておきながら、実は、足を引っ張っているのかもしれないぞ」

「今回の事件で、M新聞に載った最初の大きな広告からして、ちょっと、おかしかったですね」

「あの広告と、殺人事件とが、どう、関係しているのかが分からない。広告を載せた人間

が、黒沢美佐男を殺したのか？　逆に、反対の立場にいる人間が、殺したのか？　それも分からないんだ」

と、十津川が、いった。

2

富士の樹海は、自殺者が多いところで知られているが、同時に、富士山麓《さんろく》の観光名所にもなっている。

周辺の道路も整備されていて、車を走らせていると、うどんの店の看板が、いやでも目に入ってくる。今はやりの、ご当地のB級グルメだ。

樹海の入口に案内事務所があって、そこではガイドを頼むこともできるし、喫茶ルームもある。事務所の前は、かなり広い駐車場になっていた。

十津川たちの覆面パトカーが着いた時には、駐車場に、大型の観光バスが二台と、自家用車が数台、停まっていた。

暖かい日で、小鳥が、盛んに鳴いている。いかにもノンビリとした感じだった。

十津川たちは、その事務所で、樹海のガイドに、話を聞くことにした。

朝早くから、やって来た観光客は、ガイドに案内されて、グループを作って、樹海の中にある、遊歩道に入っていっていた。

牧田《まきた》という責任者が、十津川に、いった。

「決まった遊歩道を、歩いていただく分には、樹海は、危険なところではありません。それどころか、いたって安心な場所なんですよ。のどかで、特に今は、青葉の季節ですし、小鳥が鳴いていますから、気持ちのいい散策が楽しめます」

「牧田さんの話を聞いていると、この樹海で亡くなる人は、一人もいないように、聞こえますね」

「それでも年間二十人以上の人が、この樹海で亡くなるか、行方不明になっています」

死を決意した人間が、この樹海に入ってしまうと、探し出して助けるのは、かなり難しいと牧田はいった。

「樹海を、塀で囲んであるわけじゃありませんからね。夜になってから、入り込んでしまえば、それを防ぐことはできないのですよ」

十津川は、持ってきた手紙を、牧田に見てもらった。

「この話を、牧田さんは、ご存じでしたか？」

牧田は、手紙を読み終わると、

「それらしい話なら知っています。中年の男性がいて、好きな若い娘がいた。その娘が自殺をするつもりで、富士の樹海に入ってしまった。それを、助けようとして、その中年の男も、樹海に入っていって、娘を発見したが、二人とも危うく死にそうになった。どうにか、二人とも救助された。それなのにまた、女性の方は、一人で樹海に入ってしまい、男はまた、あとを追い、死にかけているところを、発見されて病院に、運ばれた。女は、今も見つかっていない。そういう話が伝わっています」

「そうですか。そういう話が伝わっているのですか?」

「ええ、そうです」

「男の名前は、分かりませんか?」

「Kさんとだけ、伝わっています」

と、牧田が、いう。

Kなら、黒沢でもおかしくはない。

「樹海に入っていって、行方が分からない女性の身元は、分かっているのですか?」

と、亀井が聞いた。

「こちらも、サカイさんとしか、分かっていません。どういう字を書くのかも分かっていませんが、たぶん、樹海に入って自殺を図る、あるいは、自殺してしまったとなると、家族にとっては悲しいし、話しにくいことなので、名前は、伝わってこないか、わざとイニシャルしか分からなくなっているのだと、私は、解釈しています」

「牧田さんは、このKという男に、お会いになっているんですか？」

「いや、私は会っていません」

「しかし、どなたか、ここで、ガイドをされている方が、お会いになっているわけですね？」

「そうです」

「その人に、話を聞けませんか？」

「残念ですが、一ヵ月前に辞めてしまって、今は連絡がつきません」

と、牧田が、いった。

「女性のほうは、どうですか？　サカイさんとしか分からないようですが、写真とか手紙とかが残っていませんか？」

「たしか、写真があったはずですよ」

と、いった後で、牧田は、

「ただ、樹海で、自殺をした人ですから、写真は公表してほしくはないのです」

「もちろん、それは心得ています」

その後で、牧田が、奥から持ってきてくれたのは、一枚の、女性の写真だった。名刺大の小さな写真で、汚れていて、端が欠けている。それでも、写っているのは、十代後半と思われる女性で、なかなかの美人だった。

「この写真は、どこから、手に入れられたのですか？」

「Kさんが、樹海の中で倒れているところを発見されて、病院に運ばれました。その時、彼が、この写真を、手にしっかりと握っていたそうです」

この事務所で、働いている女性が、何人かいた。コーヒーを出してくれたのも、そのうちの一人である。

十津川が、彼女たちに、この話を知っているかと聞くと、三人の女性は、全員が目を輝かせて、

「もちろん、知っていますよ」

と、いった。

どうやら、この話は、この事務所では、誰もが知っているらしい。

「皆さんは、その二人に、会っているんですか？」

と、亀井が、きくと、三人の中で一番年上と思われる女性が、

「自殺した娘さんのほうには、会っていませんけど、男性の方には、会っていますよ。会

ったというよりも、病院に運ばれていくのを、見てるんです」

と、いった。

Kさんが樹海の中で発見され、救急車で病院に運ばれたのは、去年の十一月五日。その三日前にも、助け出されたが、その時には話を聞いただけで、タクシーで帰ったという。事務所の三人の女性たちが、救急車の中のKさんを見たというのは、去年の十一月五日の時である。

「Kさんの顔を、覚えていますか？」

と、十津川が、聞くと、三人とも、小さく首を横に振って、一人が、

「救急車の中を、覗き込んだだけで、陰になっていたので、よく分かりませんでした。五十歳くらいの、男性だったということは、救急隊員の人に、聞いています」

十津川は、牧田に向かって、

「Kさんを救助して、救急車に乗せて、病院に運んだ人の名前を、教えていただけませんか？」

牧田は、野口《のぐち》健太郎《けんたろう》という名前だと教えてくれ、ここでガイドをやっていた頃の野口の写真を見せてくれた。

「三十歳という若いガイドでしたが、仕事は、しっかりとやっていましたよ」

「その野口さんは、事件の後、辞めてしまったのですね？」

「そうです。辞めたのは、今年の三月の末だったと思いますね」

「野口さんは、何年間、ここで働いていたのですか？」

「そんなに、長くはありませんでしたね。たしか、二年ほどではなかったかな。富士山が好きなんだと、よくいっていましたね」

念のために、十津川は、野口健太郎の富士吉田の住所も教えてもらった。

「ただ、そのマンションには、今はいないと思いますよ」

「どうしてですか？」

「先日、彼に会いたくなって、行ってみたのですが、管理人が、もう引っ越してしまったといっていましたからね。行き先は、分からないそうです」

と、いった。

十津川は、牧田から、富士の樹海が一望できる展望台があると聞いて、次に、そこに、行ってみることにした。そこが、観光客に人気があり、多くの人が行くというので、十津川は、富士周辺の道路のように、舗装《ほそう》された道路が展望台まで、続いているものと思っていたのだが、山間《やまあい》の登り道に入るとすぐに、大変な誤解であることを知った。

文字通りの、ガタガタの山道で、その上、ところどころが、山崩《やまくず》れしていて、おまけにガードレールもない。初めて来た十津川にしても、亀井にしても、車を慎重に運転せざるを得なかった。

ヒヤヒヤしながらも、やっと、山頂にたどり着くと、そこには、駐車場があって、何台かの車が停まっていた。その駐車場も、全く手入れをしていない、ただの広場に、すぎなかった。

その駐車場の奥に、展望台付きの、休憩所があった。一階では、富士山の写真や絵葉書などを売っており、コーヒーやコーラが、飲めるようになっていた。

階段は店の中についていて、展望台に上がるためには、別料金が取られるのである。それでも、十津川と亀井が階段を上がっていくと、そこには、五、六人の観光客がいて、盛んに、写真を撮っていた。

たしかに、眼下に、富士の樹海が広がっている。ほかの部分と、樹海の森の色が、違って見えた。おそらく、木の丈《たけ》が違うのだろう。溶岩が流れた部分は、ほかの部分に比べて、土地がやせているので、樹海では小さな樹木しか育たないのかもしれない。

それがかえって、ほかの部分に比べて、鮮やかな緑に見える。

二人は、一階に戻ると、店で話を聞いた。店を夫婦でやっているということで、毎日客の飲み物を運んできて、夜になると、近くにある家に帰るのだという。

富士の樹海に魅了されて、毎年のようにカメラを持ってやって来る常連客が、何人もいるともいう。

十津川は、そんな話を聞きながら、ほかの観光客がいなくなるのを待って、その夫婦者に、牧田から借りてきた写真を、見せることにした。

夫婦者は、写真を一目見ると、

「私たちも、同じ写真を持っていますよ」

と、いう。

「どんなふうに、話を、聞いているんですか？」

「たしか、去年の十一月頃、Kさんという人が、自分の知っている若い女性が、自殺を図るために、富士の樹海に入ってしまったので、必死になって探した。二回も樹海の中で倒れたが、結局救い出された。そういう話でしょう？」

「そうです」

「実は、私たち夫婦も、土地の人間で、樹海には詳しいので、Kさんのために、この写真の女性を、探すのを、お手伝いしたんですよ。結局、娘さんは見つかりませんでしたが、Kさんから感謝の手紙と、お礼として百万円を、送っていただきました」

小柄な奥さんのほうが、いった。

「Kさんからお礼の手紙が、来たんですか？」

「ええ、そうなんですよ。百万円のお礼と一緒にね」

「その手紙なんですが、今も取ってありますか？」

「ええ、もちろん、今でも大事に取ってありますよ」

と、いって、銀行払いの小切手と一緒に、送られてきたという手紙を見せてくれた。

「今回のことは、私事にもかかわらず、ご夫妻には、真心を持って、対応してくださいまして、誠に、ありがとうございました。心より感謝いたします。

残念ながら、彼女は見つかりませんでしたが、ご夫妻の温かいお心は、いつまでも、忘れません。

お二人には、これからもお元気で、樹海を訪れる人たちに、温かく、接していただきたいと思います。

同封の百万円は、たいへん失礼ではありますが、お店の役に、立てていただきたいと思います。

K」

と、あり、黒沢美佐男とは、書いていなかった。

「この件に絡んで、その後、何か話を聞いていませんか？　どんな小さな話でも、あるいは、不確かなウワサ話でも、いいのですがね。もしあったら、教えていただけませんか？」

十津川が、きくと、夫婦は、顔を見合わせて、何やら、小声で話していたが、

「今年になってから、十代の少年が、この近くの旅館で遺書を書いて、その足で、樹海の中に、入っていったことがありましてね。ガイドさんが二人、必死になって探して、連れ戻したのですが、その時に、この写真の女性のものと思われる、腕時計を見つけたので、Kさんに、渡したという話を聞いたことがありますよ」

と、夫のほうが、答えてくれた。

その話を確認したくて、十津川たちは、もう一度、樹海の入口にある、事務所に戻った。

事務所の牧田に、その話について聞いてみると、当惑《とうわく》した顔になって、

「今の話、あの展望台の夫婦が、話したんですか？」

「そうです」

「その話は、本当ですが、Kさんのほうが、この話は、あまり知られたくないといいましてね。何しろ、女性を助け出すことが、できなかったんだから、全て内密にしておいてほ

しいと、Kさんからいわれていましてね。それでお二人にも話さなかったんですよ」

と、牧田が、いう。

「この写真の女性の腕時計が、樹海の中で見つかったというのは、本当ですか？」

「本当です」

「その腕時計を、Kさんを呼んで渡した。それも、間違いありませんか？」

「そうです」

「それでは、牧田さんは、Kさんの本当の名前を、知っていらっしゃるんじゃありませんか？」

十津川が、追及すると、牧田は、また当惑の表情になって、

「Kさんは、今も申し上げたように、自分の名前が出るのを、とても嫌がっていらっしゃいましたからね」

「それでは、やはり、名前を、ご存じだったのですね？」

「そうです。知っています」

「何という名前ですか？」

「黒沢美佐男さんです。しかし、今も悲しい思いをしていらっしゃると、思うので、私としては、あくまでも、内密にして、Kさんということにしておきたいのですよ」

と、牧田が、いう。

どうやら、黒沢美佐男が殺されたことを、牧田は、まだ知らないらしい。十津川は、そのことは、いわず、

「もう一つ教えてください。樹海の中で発見された腕時計が、どうして、写真の女性のものだと、分かったのですか？」

「腕時計の裏に、M・SAKAIと、彫ってあったからですよ。それに、Kさんも、確認しました」

と、牧田が、いった。

3

車に戻った二人だが、運転席に腰を下ろした亀井が、地図を見ている十津川に向かって、

「どうしますか？　捜査本部に、戻りますか？」

「今、地図を見ていて、気がついたんだが、この富士の樹海と、箱根とは、意外に近いんだな」

十津川が、いった。

「箱根から、富士五湖に出るのも近いですし、富士五湖のそばに、樹海が、ありますから」

「これから、例の、箱根の別荘に行ってみようじゃないか？」

と、十津川が、いった。

二人とも、富士の樹海から、箱根に抜けるのは、初めてだったが、坦々とした舗装道路が続き、多くの標示板も、ついていたので、迷うことなく山中湖《やまなかこ》を抜けて、芦ノ湖に、出ることができた。

芦ノ湖を見下ろす別荘に着いた。武家屋敷を思わせる造りの、別荘である。

建物の前まで来ると、なぜか、中が賑《にぎ》やかである。別荘の前には、ベンツが二台、停まっていた。

「持ち主だという、小池清之という男が来ていれば、話が、聞けるな」

十津川は、亀井にいいながら、ベルを押した。

三十歳くらいの男が出てきたので、十津川は、警察手帳を、見せてから、

「小池さんですか？」

「社長にご用ですか？」

と、相手が、いう。

「もし、こちらに、いらっしゃるのなら、ぜひお会いして、お聞きしたいことが、あるのですが」

と、十津川が、いった。

「ちょっとお待ちください」

と、いって、男は、慌てて、奥に消えると、すぐに戻ってきて、

「社長が、お会いするそうですので、どうぞお入りください」

奥にいたのは、六十歳くらいの、大柄な男だった。その男は、十津川たちを見ると、立ち上がって挨拶《あいさつ》し、

「管理人に聞いたら、以前、刑事さんが、私に用があると、いらっしゃったそうですが、その時には、都合でお会いすることができず、申し訳ありませんでした」

と、丁寧《ていねい》に、挨拶した。

「私が聞いたところでは、小池さんは、お忙しいので、二ヵ月前から行方が分からない、ということでしたが」

十津川は、少し皮肉をいった。

「今日は、東京の友人が、どうしても、箱根から富士山を見たいというので、連れてきました。今、彼は、二階で、富士山の写真を撮っていますよ」

と、小池が、いった。

「私たちは今、東京のホテルで起きた殺人事件を、捜査しているのですが、もしかすると、被害者の黒沢美佐男さんのことを、小池さんがご存じかもしれないと思って、この別荘に伺ったのですが」

「黒沢美佐男さんのことなら、知っていますよ」

小池は、あっさりと、うなずいた。

「どういう、お知り合いですか？」

「この別荘ですが、ここは、サラ金会社の社長が、もともと自分の趣味で建てたものなんですよ。私は二年ほど前に一度、案内されましてね。少し変わってはいるが、素晴らしい造りだと思いました。それで、よかったら譲ってもらえないかと、当時の持ち主である、黒沢さんに、いったことがあるのです。もちろん、最初は、あっさり断られました。そうしたら、去年の十二月に、突然、この別荘を買って欲しいと、黒沢さんのほうからいわれて、二億円で、買い取ったんですよ」

「どうして、急に、黒沢さんは、あなたに、この別荘を、買ってくれといったのですか？」

「理由は、何も、おっしゃいませんでしたが、たぶん、あの件が、原因ではないかとは、思いましたがね」

「あの件というと？」

「黒沢さんと、あまり深い付き合いはないのですが、ロマンチックなところのある人でしてね。自分の娘のように、大事にしているお嬢さんがいたのです。その人のためなら、何でもしてあげたい。箱根と富士山が好きな、そのお嬢さんのために、この別荘を買ったと、黒沢さんは、そういっていましたね。ところが、そのお嬢さんが、富士の樹海で、自殺をしてしまった。それで、黒沢さんは、この別荘を、持っている意味がなくなってしまった。あるいは、急にお金がいることになったのか、どちらかは分かりませんが、それで、私に買ってくれないかといったのではないかと、思っているのです」

「あの件というと？」

「その黒沢さんが、四月九日に、都内のホテルで、殺されたことも、ご存じですね？」

「ええ、知っています」

「誰が、何のために、黒沢さんを殺したのか、何か、思い当たることがあれば、お聞きしたいのですが」

十津川が、いうと、小池は、小さく、ため息をついて、

「私には、何も分かりません。なぜ、あんないい人が、殺されてしまったのか」

その時、二階から、和服姿の、五十代と思われる男が、これも、和服姿の女性と一緒に、

降りてきた。

小池が、その二人を、十津川たちに、紹介してくれた。

「こちらは、書家として有名な、仙道敦志《せんどうあつし》先生と、奥さんの芙美子《ふみこ》さんです。仙道さんは、私の書の先生でもあります」

十津川は、仙道という書家を、テレビで見たことがあった。

仙道は、小池に向かって、

「これから庭を拝見したい」

と、いい、十津川に、軽く頭を下げてから、妻の芙美子と一緒に、庭に、出ていってしまった。

十津川は、仙道を見送ってから、改めて、小池に、

「亡くなった黒沢美佐男さんですが、何をやって、いらっしゃった方なのですか？」

小池は、考え込んでいたが、

「難しい質問ですね」

「どうして、難しいのですか？」

「一番ふさわしい言葉は、そうですね、お金持ちかな」

と、小池が、いう。

「どこかの会社の、社長さんということでは、ないのですか？」

「特定の会社の社長ということではないので、それでお金持ちと、いったのです。頼まれたら、どこかの会社の社長になるでしょうが、特定の会社の社長というのではありません。気に入れば、その会社に、資金を注ぎ込んで、助ける。黒沢さんというのは、そういうことをやってきた人なんですよ。何で儲《もう》けたのかは、分からない人でしてね」

「しかし、お金に困って、この別荘を、あなたに、二億円で、買ってもらったのではないのですか？」

「あれは、お金に困ってというよりも、さっきも申しあげたように、お気に入りの娘さんが、富士の樹海で、自殺をしてしまったので、この別荘を、持っている意味がなくなってしまったんでしょうね。それで、私に買ってくれといったんだと、思うのです」

「小池さんは、黒沢美佐男さんを、お金持ちだといわれましたが、どのくらいの資産を、持っていたんでしょうかね？」

「正確なところは、分かりません。それに、財産を、どういう形で残されたのかも分かりませんし」

「その莫大《ばくだい》な遺産を、受け継ぐ人は、誰かいるのですか？」

「それも私には分かりません」

と、小池が、いった。

十津川は、東京に戻ると、すぐM新聞社の高木記者と、若い女性のカメラマンに会うことにした。

「お宅が提出してくれた手紙を、もとにして、富士の樹海に行ってきましたよ。何人かの人に会って、手紙にある話が、本当かどうかを確かめてきました」

「どんな相手から、話を聞いたんですか？」

高木が、記者らしい聞き方をする。

十津川は、会った人間の名前と肩書についてしゃべったが、どんな話を聞いたのかは、わざと、話さずに、

「それで、今度は、お二人が、マスコミの人間として、この人たちに会って、手紙の話が、本当かどうかを聞いてみてくれませんか？」

「それは、構いませんが、同じ人間に会っても、同じ話しか、聞けないと思いますよ」

「私は、警視庁の刑事だし、お二人は、マスコミの人間です。ですから、同じ話を、相手がするにしても、ニュアンスを違えて、話すかもしれません。そこに何か、ヒントが生まれてくるような、気がするのです」

十津川が、いうと、高木は、笑って、

「警部さんは、その違いが、知りたいんですか？」

「いや、そんなことはありません。取材のあと、どんなことが聞けたか、それを、正直に話していただければいいんです。ウソは困りますよ。よろしくお願いします」

と、十津川は、頼んだ。

4

高木は、女性カメラマンの大西麻紀《おおにしまき》を連れて、富士の樹海に向かった。車を運転するのは、高木である。

「十津川という刑事さん、どうして、あんな妙なことをいったのかしら？」

助手席で、麻紀が、盛んに首を傾げている。

「昔から刑事という人種は、疑い深いものなんだ。人の証言を、まともには、受け取らない。ウソをついているんじゃないかとか、常に、そう思いながら、聞いているんだ」

「つまり、私たちが、リトマス試験紙になるわけ？」

「そうだと思うが、今回の件は、人命にかかわることだからね。相手が、ウソをつくとは、思えないね。ウソはつかないどころか、警察とマスコミとで、言葉を、変えるとも、思えないんだがね」

「それにしても、黒沢美佐男さんというのは、いったい、どういう人なのかしら？」

「どうやら、大変な、金持ちらしいじゃないか？　何でも警察が調べたところでは、箱根に、豪華な別荘を持っていて、それを二億円で売ったりしているんだから」

「高木さんは、デスクに頼まれて、黒沢美佐男の去年の税金を調べたんでしょう？」

「ああ、調べた。税務署に行って、去年の納税額を調べたよ」

「それで、いくらだったの？」

「千五百万」

「一千万円といえば、私にとっては大変な金額だけど、一千万円くらいの納税者なんて、世の中には、何千人、何万人といるんでしょう？」

「ああ、そうだ。たくさんいる。それほど大した額じゃないよ」

「だから、発表しなかったのね？　面白くも何ともないから」

「たぶん、この黒沢美佐男は、いわゆる節税を、やっていたのか、税金をごまかしていたのかの、そのどちらかだと思うね」

高木たちも、十津川と同じように、富士吉田市の方向から入って、樹海の入口にある、案内事務所に着いた。

駐車場に車を停めて、事務所の中に入ると、高木は、受付でM新聞記者の名刺を差し出してから、

「富士の樹海について、いろいろとお話をお聞きしたいので、責任者の方がいれば、お会いしたい」

と、告げた。

高木は、わざと、牧田という名前はいわなかった。前もって指名すると、警察との関係を疑われてしまうのではないかと思ったからである。

中年の男が出てきて、高木とカメラマンの麻紀に、名刺をくれた。

名刺には、所長の牧田と書いてある。

高木は、ホッとしながら、

「日本の場合、依然として、年間三万人を超す自殺者が、出ていますからね。その中で、自殺の一番多いところと思って、ここに、取材に来たんです。本当の富士の樹海の姿を、読者に伝えたいと、思っているんですよ」

麻紀が、少し離れたところから、牧田と高木の二人を、カメラに収めている。

牧田は、微笑して、コーヒーを持ってこさせてから、

「ご覧のように、富士の樹海というのは、先入観を、持たずに眺めれば、とても美しい樹

林で、空気もきれいだし、富士山も近いですからね。非常に、健康的なところなんですよ。それが、いつの間にか、自殺の名所のようにいわれるようになって、われわれも困っているのです」

「それは、誰の責任なんでしょうか？」

「そうですね、有名人が、樹海に入って死んだりすると、失礼だが、お二人のようなマスコミの人が、大きく、取り上げます。そうすると、必ず同じような行動を取る人が、現れるんですよ。それに、作家の責任もあるんじゃありませんか？　作家が、富士の樹海で自殺する作品を書くと、ここにやって来る自殺志願者が増えてしまうのですよ」

「なるほど。われわれも、自戒しなければいけませんね」

と、高木は、いってから、

「最近、社に投書がありましてね。若い女性が富士の樹海で自殺を図った。それを助けようとして、自分も樹海に、入っていき、危ういところで一命を取り留めたという男の人がいる。その人のことを取り上げてくれというんです」

と、いうと、牧田は、首を傾げて、

「申し訳ありませんが、そういう話は、全く、聞いたことがありませんね」

と、いった。

「本当に、ありませんか？」

「ありませんね。若い女性が、樹海で亡くなり、中年の男が必死になって、探したという話でしょう？　申し訳ありませんが、聞いたことはありませんね」

と、牧田が、いう。

「それでは、ガセネタですかね？」

「そんな投書が、お宅の、新聞社には、よくあるんですか？」

「ええ、あるんですよ。半分はデマでも、半分は事実なんですが、この話は、事実じゃありませんか？」

「事実では、ありません。申し訳ない」

牧田は、そのあと、ここで働いている三人の女性を呼んでくれた。

牧田が、彼女たちに向かって、

「こちらは、M新聞社の、記者の高木さんと、カメラマンの、大西麻紀さんだ。樹海に消えた、若い女性がいてね、その女性を探しに、中年の男性が、樹海の中に入っていって、危うく死にかけたという話が、最近、投書されてきたんだそうだが、本当かどうか調べに来られたんだ。私は、そんな話を全く知らないのだが、あなたたちは、どうかな？　そんな話を、聞いたことがあるかね？」

二人が、顔を見合わせてから、

「そんな話、全く聞いたことがありませんよ」

と、いい、三人目の女性が、

「ウソにしても、なかなか、いい話じゃありません？　ねえ、牧田さん、私が失恋して樹海に潜り込んだら、探してくれます？」

と、笑いながら、きく。

牧田は、頭をかきながら、

「申し訳ないが、私にも妻子がいるんでね。それは無理だな」

それで、三人の女性が、笑いこけた。

高木は、そんな女性たちや、牧田の顔を見ながら、

「やっぱり、ガセネタみたいですね」

「そういうマスコミへの、妙な投書があるから、富士の樹海が悪い場所、危険な場所だと、誤解されてしまうんでしょうね。樹海そのものは、美しい場所なんですけどね。残念です」

と、牧田が、いった。

5

「いったい、どうなっているんだ」

高木は、腹を立てていた。

「あの牧田という人や、あそこで働いている女性たちが、みんなでウソをついているか、それとも、ウチに来た、投書がウソを書いているか、どっちかでしょうね」

「シャクに障《さわ》るから、こうなったら、徹底的に調べてやるか」

と、高木が、いった。

「でも、どうやって？」

「これから、樹海の展望台に回ってみようじゃないか」

高木は、乱暴に、アクセルを踏《ふ》みつけた。

勇ましく、車を走らせていったのだが、展望台への登り口に入って、高木は、すっかり黙り込んでしまった。とにかく、アクセルとブレーキの踏み間違いをしたら、間違いなく谷底に落ちてしまうだろう。

急な坂道、舗装されていない道路なのに、一つもガードレールがない。

「気をつけてくださいよ。高木さんと心中なんかイヤですからね」

麻紀が、声を上げた。

どうにか登り切って、駐車場に入ると、高木は、ため息をついた。

「こんな危険な目に遭いながら、樹海を見たり、写真に撮ったりするモノ好きが、いるんだね」

と、いいながら、高木が、車から降りた。

駐車場には、この日も、数台の車が停まっている。

二人は、展望台の下にある休憩所というか、喫茶店というか、あるいは、土産物店といったらいいのか、よく分からないが、その店の中に入っていった。

十津川警部が、話していた、店の経営者らしい中年の夫婦がいる。椅子に座って、コーヒーを飲んでいる客もいる。

二人は、コーラを、二つ注文してから、麻紀がカメラを持って、展望台に、上がっていった。

高木は、その料金を支払いながら、夫婦に向かって、

「ここには、いつもこんなに人が来ているの？」

「今日なんか、少ないほうですよ。観光シーズンになると、ここが、人で一杯になります

からね。それだけ、樹海というのは、魅力的なんじゃありませんか」

夫のほうが、いった。

「最近でも、富士樹海に入っていって、自殺する人が、いるんですかね？」

「ええ、いますよ。年間二十人以上はいると、いわれていますからね」

「最近、ニュースになるような、例えば、きれいな若い女性が、樹海に入っていって死んでしまった。有名な若い女優さんが、樹海に入ったという、ウワサが流れて、大騒ぎになったというようなことは、ありませんか？」

「あなたは、記者さんですか？　その取材に来たのですか？」

「まあ、そんなところです。そんな話があったら、記事にしようかと思っているんですがね」

「それは残念でしたね。そういう魅力的な若い女性が樹海に入っていって、大騒ぎになったなんてことはありませんよ。昔はどうか知りませんが、ここ一、二年はありませんね」

夫のほうが、いい、妻のほうは笑って、

「若くてきれいで、男性に、モテるような女性は、自殺をしようなんて気には、ならないんじゃありません？　生活に疲れた人とか、借金を作って、首が、回らなくなったような人が、樹海に入っていくんですよ。残念ながら、最近は大騒ぎになるようなことは、一度も、ありませんよ」

「困ったな。それでは、記事にならないな」

と、高木は、わざとため息をついてみせてから、

「こういう話はどうですか？　大変なお金持ちがいて、その子どもが、何かに絶望して、富士の樹海に、入っていってしまった。そこで、金持ちは、大金を投じて大捜索を、させた。そういう話でも、記事になるんですが、どなたか、そういうお金持ちが、ここには、来ませんでしたか？　お二人は、富士の樹海に詳しいでしょうから、そのお金持ちから、協力を頼まれたというようなことはありませんでしたか？」

高木が、きく。

「面白いといっては失礼かもしれませんけどね、びっくりするような話は、全くありませんよ」

夫のほうが、高木を、見ながら、いった。

「おかしいなあ。今の話は、何人かの人が電話や手紙で知らせてきたんですよ。大変なお金持ちが、一人娘が自殺をほのめかして、樹海に入ってしまった。それで、樹海に詳しい人を、たくさん大金で雇って、何でも、一人当たり、十万円から百万円まで払って、探してもらったという話なんですけどね。聞いたことありませんか？」

「私たち夫婦は、聞いていませんよ。時々、樹海の入口にある案内事務所の人と、話をするんですけど、そういう話は、ぜんぜん聞いていませんね」

と、夫が、いった。

展望台に上がって、写真を撮っていた麻紀が、降りてきた。

「素晴らしい景色」

と、麻紀は、高木に、いってから、

「分かりました？」

と、聞いた。

「まあ、何とかね」

と、高木は、いい、店の夫婦に対しては、

「ありがとうございました。参考になりましたよ」

と、礼をいった。

高木は、麻紀をうながして、店を出て、車のところに戻っていった。

「あの夫婦も、投書に書いてあったようなことは、全く聞いていないといっている」

「変な話」

「ああ、そうだ。変な話だ」

「それで、これからどこに行くんです？」

「警察は、芦ノ湖の湖畔にある別荘に行ったらしいが、ボクたちは、別のところに行ってみよう」

「どこへ？」

「この近くに、河口湖がある。その湖畔に、あることで、有名な旅館があるんだ。その旅館の女将《おかみ》さんが、泊まり客について書いたエッセイがあってね。それによると、一人で泊まりに来た若い女性や男には用心をするんだって」

「富士の樹海に入ってしまう恐れがあるから？」

「そうなんだ。今まで、何人もそういう人を見てきているから、泊まり客の態度によって、この人が、自殺する人かどうかが、分かるんだと、そのエッセイには書いてあったんだ。その女将さんなら、もっと、面白い話をしてくれるかもしれないよ」

高木は、今度は慎重に、アクセルを踏んだ。

高木は、その旅館に着くと、入る前に、携帯で、十津川警部に電話をかけた。

「今、富士樹海に来ていますが、投書の内容を、あっさりと、否定されてしまいましたよ。黒沢美佐男氏のファンと称する人間から、ウチに送られてきた手紙にあったことですよ。

ああいうことは、一切なかったと、いうんですよ。牧田という案内所の所長さんも、あそこで働いている三人の女性たちも、きっぱりと否定しましたよ。どうなっているんですかね？　十津川さん、その理由を教えてくれませんか？」

第四章　一人の男の正体

1

捜査会議の席上、三上本部長が、怒りを爆発させた。

「君たちは、どうかしているんじゃないのかね？」

と、三上が、いった。

「捜査が、全く進展していないじゃないか？　それどころか黒沢美佐男に関して、M新聞社と警察に、送られてきた手紙に、翻弄《ほんろう》されてしまっている。このままいけば、間違いなく、この捜査は迷宮入りだ。何よりも、腹が立つのは、黒沢美佐男氏のファンと称する手紙の主に、警察が、いいように翻弄されて、笑い物になっているということだよ。この事態を、君は、どうやって解決するつもりなのかね？」

三上が、十津川を睨《にら》む。

「申し訳ありません。本部長のおっしゃる通りです」

十津川は、素直に、三上本部長の怒りを受け止めた。

十津川が、あっさり認めてしまったので、三上は、それ以上、怒りを、爆発させるわけにはいかなくなったらしく、

「とにかく、相手のペースに、巻き込まれることは、絶対にまずい。これからどう捜査をすすめるつもりか、君の意見を聞かせてくれたまえ」

と、いった。

「今回の事件は、四月九日、都内Tホテルのツインルームで、黒沢美佐男という五十歳の男が、何者かによって、毒殺されたことに始まったといわれています。しかし、私は今回の事件は、その二ヵ月前、M新聞に載った、黒沢美佐男に関する大きな広告に始まったと思っています。何とも不思議な広告で、黒沢美佐男という男について、読者は、誰も知らないだろうが、彼は、資産家であり、日本の再生は、この黒沢美佐男にかかっていると書いてあるのです」

「その広告は、私も見たよ」

「不思議なのは、誰が、何のために、こんな広告を、出したのかです。いろいろと考えて

みたのですが、私には、どうしても、分かりませんでした。第一、広告主自身が、黒沢美佐男という男は、誰も知らないだろうと書いているのです。その二ヵ月後に、都内のTホテルで、黒沢美佐男という名前の男が殺されました。その時、私は、二ヵ月前に、黒沢美佐男についての大きな広告が、新聞に載っていたのを思い出しました。しかし、あの大きな広告と、黒沢美佐男が、殺されたこととに、どんな関係があるのか、未だに分かりません。広告主が、黒沢美佐男を殺したのかもしれませんし、別の人間が、犯人かもしれません。今のところ、それは、はっきりとしていません。この後、本部長がいわれたように、M新聞社と、捜査本部に交互に投書が送られてくるようになったのです」

「送られてきた投書は、たしか全部で四通だったな?」

「そうです。一通目の手紙が、捜査本部宛てに届き、その投書には、亡くなられた黒沢美佐男氏には、謹んで哀悼の意を表しますと、書き出しておきながら、黒沢美佐男が、四億円で、手に入れた箱根の別荘には、不審な点があり、それが、殺人に関係している疑いがある。その点をしっかり調べてほしいと、書いてありました。二通目は、M新聞社に届いたのですが、それによると、黒沢美佐男は、人材派遣会社OKジャパンの、会長をしていて、会長の黒沢美佐男が死んだ後は、OKジャパンがどうなるのか、新聞社として、調べてほしいと、書かれてありました。三通目は、また、捜査本部に届き、この人材派遣会社は、陰で売春の斡旋をしているので、調べてほしいとありました。四通目は、またM新聞社に届いて、黒沢美佐男氏は、富士の樹海で自殺を図った若い娘を、助けようとして、自ら樹海に入り込み、危うく、遭難《そうなん》しかけた。彼は、娘を助けられなかったことを、恥じて黙っているが、この話を調べて、新聞で取り上げてほしい。この美談を新聞が取り上げてくれたら、微力ながら、故人のために、二千万円を出して、樹海の入口に、記念碑を建てるつもりでいると、書かれているのです。この四通の投書を、読み直してみたら、面白いことが分かりました」

「どういうことだ？」

「差出人の名前は、四通とも、黒沢美佐男氏のファンよりと、書いてあります。しかし、M新聞社に届いた投書は、黒沢美佐男を称揚する内容となっていました。人材派遣会社の会長を、やっていた彼が、自殺の名所である富士の樹海にひとりで入って行き、自殺を図った若い娘を助けようとした。この美談を取り上げて欲しいという投書なのです。捜査本部に来た二通の方は、どちらも、黒沢美佐男という男には、不審な点があるので、調べてほしいという内容でした。合計四通の投書の主が、同一人物なのか？　それとも、別人なのか？　それぞれ、別々の四人なのか？　それは分かりませんが、もし四人だとしても、同じ目的を持って、M新聞社と、捜査本部に、投書を寄こしているのではないかと考えざるを得ないのです。さらにいえば、事件の二ヵ月前に、M新聞に載った、大きな広告も、黒沢美佐男氏のファンと称する投書の主と同じ人間か、あるいは、同じグループに、属していて、同じ目的を持った人間が、広告を載せ、今、投書を送ってきたに違いないと、私は、考えています。問題は、その目的です」

2

十津川は、さらに、説明を続けた。

「そこで、私は、黒沢美佐男とは、いったい、何者なのだろうかと考えました。簡単なプロフィールは、分かっています。彼は、近江八幡に生まれ育ち、S大を卒業後、アメリカのカリフォルニア大学に、留学し、三十歳で起業家になりました。いわゆるベンチャー企業を立ち上げたわけです。しかし、その後、どうなったのかが、全く分からないのです。そこで、私は、こう推理しました。殺人事件の起こる二ヵ月前に、M新聞に、黒沢美佐男について大きな広告を載せた人間がいます。それによれば、黒沢美佐男という男は、かなりの資産家で、困っている人がいると、黙って、助ける。そういう人間なので、わが国の再建には、絶対に、必要な人間であると、書いてありますが、それ以外のことは、何も書いてありません。資産家だと書いておきながら、具体的に、どのくらいの資産を持っているのか？　黙って、困っている人を助けると書きながら、どこの誰を、どんなふうに助けたのかも、全く書いてありません。それを、私は、こう考えました。このM新聞に、広告を載せた人間も、われわれと、同じように、黒沢美佐男について、ほとんど何も知らないのではないのか、ということです。その後、黒沢美佐男が殺され、四通の投書が、M新聞社と捜査本部に届けられました。この四通の投書によって、われわれは、黒沢美佐男について、いろいろと分かったような、気がしているのですが、冷静に考えると、実は、ほとんど何も分かってはいないのです。黒沢美佐男は、人材派遣会社ＯＫジャパンの会長をやっていたとありますが、調べてみると、あやふやな話で、会長はいないというのです。次に、このＯＫジャパンは、表向きは、人材派遣会社だが、裏で、売春の斡旋をやっているというウワサがあるので、調べてほしいという投書が、捜査本部に、届いたのです。これも調べていくと、全く証拠のない話で、ＯＫジャパンの正体は、いぜんとして何も分かっていないのです。次は、黒沢美佐男が、自殺を図ろうとしていた若い娘を、助けようとして、富士の樹海に入っていき、危うく、遭難しかけたという隠れた美談のことが、書かれてあったのですが、われわれが現地に行って調べてみると、そんなことがあった、といわれましたが、同じことを、M新聞社が調べると、そんな話は、聞いたことがないと、否定されてしまっているのです。こうした奇妙な投書について、私は、こう結論づけました。ここに、一人の人間、あるいは、一つのグループが、存在しているとします。この個人、あるいはグループを、仮に、Aとします。Aは、黒沢美佐男という男に、強い関心を持ちながら、黒沢美佐男の正体が、分からない。それでも、何とかして、黒沢美佐男のことを知ろうとした。いや、知る必要があった。それも早くにです。そこで、Aは、思い切った手段に、訴えたのです。最初に、やったことは、五百万円という大金を使って、黒沢美佐男の思わせぶりな広告を、M新聞に載せることでした。もし、黒沢美佐男のことを知っている人間が読めば、黒沢美佐男についての知識を、M新聞社に送ってくるのではないかと、Aは期待したのだと思いますが、大金を使って大きな広告を、載せたにもかかわらず、黒沢美佐男に関する情報は、何も、集まらなかったのです。そこで、Aは、さらに、思い切った行動を取ることを考えたのです。黒沢美佐男を殺してしまうことです。自殺に見せかけて殺したのでは、今までと変わらないと考え、他殺と分かる方法で、黒沢美佐男を、殺しました。こうすれば、間違いなく、警察が、捜査に乗り出してくる。警察の捜査によって、黒沢美佐男の正体が、明らかになることを、期待したのだと、思いますが、われわれも、黒沢美佐男について調べましたが、近江八幡に生まれ育ち、S大学を卒業後、カリフォルニア大学に進み、三十歳でベンチャー企業を、立ち上げたくらいのことしか、分かりませんでした。Aが期待した、黒沢美佐男の正体は、警察にもつかめなかったわけです。それで、Aは苛立《いらだ》ったと思いますね。だから、捜査本部に、投書を送りつけたりしたのです。箱根の別荘を四億円で買ったが、この別荘の取得には、不審なところがあるから、調べてくれという投書でした。Aは、このウワサは知っていたが、真相は何も知らなかったのでしょう。警察が、調べてくれれば、黒沢美佐男の正体を知ることができるのではないか？　そう期待したと思うのですが、われわれが調べても、曖昧なことしか分かりませんでした。失望したAは、今度は、M新聞社に、投書しました。人材派遣会社ＯＫジャパンについてです。ところが、これも、不発に、終わってしまいました。今度は、そのＯＫジャパンで、売春の斡旋が、行われているという内容の投書を、われわれ、警察に寄こしました。それでも、なお黒沢美佐男の正体は、漠然としたままです。われわれは、殺人事件解決の手掛かりがつかめず、困惑していますが、Aもまた、黒沢美佐男の正体がつかめず、困っているに違いありません。このままでは、本部長が、いわれたように、形としては、M新聞に載った広告と、四通の投書に、翻弄されただけで、事件の核心に近づけないまま、時間ばかりが、経ってしまう恐れがあります。そこで、われわれは、今まで通り、捜査を続けると同時に、このAの正体をつかむことによって、捜査を解決に導きたいと思います」

「しかし、君のいう、Aの存在も、曖昧模糊《もこ》としているんじゃないのかね。正体をつかめそうなのか？」

三上本部長が、きく。

「たしかに、Aは、曖昧模糊とした存在ですが、Aが、今までに、やってきたことは、よく分かっています」

「いったい、何が分かっているんだ？」

「Aが、何とかして、黒沢美佐男という男の正体に、近づきたいと思っていることは、間違いありません。大金を使ってM新聞に広告を掲載し、黒沢美佐男を殺し、M新聞社と警察に、それぞれ、二通ずつの手紙を送りつけています」

「Aは、何のために、そんなことをしているのかね？」

「黒沢美佐男ですが、彼は、有名人ではありません。新聞記者に聞いても、黒沢美佐男を誰一人知りませんでした。それなのに、Aが、黒沢美佐男の正体を、知りたいと思っているのは、名誉のためでも地位のためでもないと思うのです」

「それでは、いったい、何のために、Aは、黒沢美佐男の正体を、知りたいのかね？」

「私も、それが知りたいので、黒沢美佐男に関してM新聞に載った広告と、四通の投書の中に、Aの目的が、書かれているのではないかと考えて、調べてみました。広告や投書には、さまざまなことが書かれていますが、その中に、唯一、信用できることがありました」

「それは何だね？」

「黒沢美佐男が、かなりの、資産家であるということです。われわれが、調べた簡単なプロフィールでも、三十歳で、ベンチャービジネスを始めたとあります。それが成功したのか、失敗したのかは、今のところ、分かりませんが、Aが、このことに、関心を持っていたのは、間違いありません。Aの目的は、黒沢美佐男の金、マネーだと思っています。それも、一億、二億という金額ではなくて、おそらく、何十億円、いや、ひょっとすると、何百億円という、とてつもない大金だと思うのです。Aは、その大金を、手に入れようとして必死になっているのではないかと、考えています」

「しかしだね、肝心《かんじん》の、黒沢美佐男は、すでに殺されてしまっているんだよ。犯人は、Aだとしても、黒沢美佐男の莫大な、何百億円という個人資産は当然、彼に繋がっている家族が、受け取るんじゃないのかね？　遺産の受け取り人が、分かっているのか調べたのかね？」

「もちろん、調べました」

「それで、答えは？」

「そもそも、黒沢美佐男名義の遺産は、ゼロでした。何もありません」

「ゼロ？　本当に、遺産が一円もないのかね？」

「はい。黒沢美佐男名義の遺産は、全くありませんでした」

「おかしいじゃないか。黒沢美佐男は、箱根の別荘を、四億円で買い、それを二億円で、現在の持ち主、小池清之に売ったんじゃないのか？」

「そのようです」

「だとすれば、その二億円は、黒沢美佐男のものになっているはずだろう？　その金は、どこへ行ってしまったんだ？」

「たしかに、その通りですが、いくら調べても、黒沢美佐男の、個人資産は、ゼロなのです」

「君のいうことは、分からんね。君はさっき、黒沢美佐男という男には、莫大な資産があった。それも、一億や二億ではない。何十億円、いや、何百億円の資産があったと思う。今回の事件は、それをめぐっての犯罪だと、いったはずじゃなかったかね？」

「その通りです」

「それなのに、調べてみたら、黒沢美佐男の資産は、ゼロだという。どちらが本当なのかね？」

「どちらも、本当です」

「君は、私をからかっているのかね？」

「とんでもありません。私も、黒沢美佐男の個人資産が、ゼロだと知った時には、これは、いったい何なんだと思いました。個人資産がゼロなら、なぜ殺人が起き、わけの分からない投書が、M新聞社と、警察に届いたのか。それを、私は、こう考えました。黒沢美佐男の個人資産は、ゼロである。だが、黒沢美佐男に絡む資産は、何十億円、あるいは、何百億円という莫大な金額に達している。Aは、その何百億円の資産を、手に入れようとして、資産がどこにあるのか、必死になって、探しているのではないでしょうか？」

「そこまでは分かるが、どうして、Aは、肝心の黒沢美佐男を、殺してしまったのかね？そんなことをしたら、大金が、手に入らなくなってしまうじゃないか？」

「Aが、どういう立場にいるのかは分かりませんが、少なくとも、黒沢美佐男の近くにいることだけは、間違いないと思うのです。黒沢美佐男の個人資産はゼロですが、黒沢美佐男の関連資産は、何百億円という莫大なものであることは間違いありません。それが、どこにあるのか、どうやったら手に入るのか、私には分かりませんし、Aにも、分からなかった。黒沢美佐男は、脅《おど》かしてもすかしても、資産の秘密を、明かすことはなかった。Aにも、それが分かっていたと思うのです。そこで、黒沢美佐男に関する大広告を、M新聞に載せました。自分たちの知らないこと、黒沢美佐男の秘密を知っている人がいて、新聞広告につられて、その情報がAのところに入ってくるのではないか？　Aは、それを期待して、新聞広告を載せたのではないかと、思うのです。それともう一つ、大広告を、載せたことに対して、黒沢美佐男が、何らかの反応を示すのではないかという期待もあったと、思うんです。しかし、それから二ヵ月経っても、結局、何の情報も入ってきませんでした。Aはなるべく早く、黒沢美佐男の莫大な資産を手に入れることが、必要になってきました。焦ったAは、黒沢美佐男を、殺してしまったのです。殺せば、否応なしに、警察が、黒沢美佐男について調べることになり、資産のことも明らかになると期待しての殺人だったと、思います」

「そこまでは分かったが、その後のAの動きについて、説明したまえ」

「警察が、黒沢美佐男の正体を明らかにしてくれるだろうという期待を持って、Aは、ホテルで黒沢美佐男を殺しました。黒沢美佐男は、翌日の小田急のロマンスカーの切符を持っていて、箱根に行くつもりだったと分かりました。Aは、前から、黒沢美佐男と、箱根の繋がりを知っていたと思います。しかし、莫大な資産と箱根の別荘の関係は、いくら、調べても分からなかったのでしょう。そこで、警察に、調べさせようとしたのです」

と、十津川が、いった。

「それで、箱根の別荘のことを調べたんだな」

「われわれは、箱根に行って調べました。すると、それらしい別荘が二軒見つかりましたが、その片方は、武家屋敷を彷彿《ほうふつ》とさせるような、何とも奇抜な別荘でした。今の所有者は、小池清之という男になっているというので、彼に聞いたところ、黒沢美佐男から二億円で買い取ったと、いっています」

「君は、小池という男の、言葉を信じているのかね？」

三上に、きかれると、十津川は、

「信じておりません」

と、あっさり否定した。

「理由は？」

「彼の言葉だけではありません。今回の事件では、広告と投書があり、実際に捜査もしました。しかし、どの言葉も、曖昧で、信用できないのです」

「どうして、信用できないのかね？」

「A自身も、黒沢美佐男についての正確な情報を持っていないのが、分かってきました。さまざまなウワサを聞いていますが、それが、本当かどうかも、分かりません。Aも、何とか莫大な資産を手に入れようと、自分たちで調べたけれど、答えが見つからなかったのです。そこで、われわれ警察に、調べさせることにしたのですよ。今まで自分たちが持っていた情報を、わざと、投書で警察や新聞社に知らせて、われわれに、それが、正しい情報なのか、それとも、ウソなのかを調べさせている段階だと思うのです。ですから、われわれが調べても、当然、全てが曖昧模糊としていて、ウソか本当か、分からないのです。つまり、今は、われわれとAとのチエ比《くら》べの段階です」

「なるほどね。漠然とだが、君のいっていることが、分かるような気がしてきた。君のいう黒沢美佐男に絡んだ何十億円、あるいは何百億円もの資産が、どうして、見つからないのか？　どういう形で、その資産は、隠されているのか？　それは今、どこにあるのか？　この三点について、君の考えが聞きたいのだが」

と、三上が、いった。

「これは、あくまでも、私の勝手な想像ですが、それでもよろしいですか？」

「それで構わないから、話してみたまえ」

「いろいろと考えられます。いちばん簡単なのは、その資産が、金塊の形で、どこかに隠されているということです。ただ、これはいかにも漫画チックなので、可能性は小さいと思います」

「それから？」

「次は、預金者の、秘密が守られるといわれるスイス銀行に、黒沢美佐男の名前ではなくて、暗号で、預金されているケースです。その暗号が分からなければ、資産を引き出すことはできません」

「ほかにも、別の形の資産は、考えられるのかね？」

「三番目として、考えられるのは、今流行《はや》りのファンドです。有利な条件の投資先が見つかると、そのファンドから、必要な金額が、投資されます。しかし、普通の形では、引き出すことはできません。黒沢美佐男の名前でも、引き出すことが、できないようになっているのだと、私は、思います。ですから、Aは、どうしたら、そのファンドから、引き出せるのか、自分たちに都合のいい企業に、そのファンドから投資させることができるか、それが分からなくて苛立っているに、違いありません」

「なるほど。君の考えは、分かった。これから、どうやって、捜査を進めていくつもりなのかね？　私には、曖昧模糊として、捜査をどう進めたらいいのか、分からないと、いっているように聞こえるのだが？」

「その通りです。今のままでも、偶然、犯人にぶつかって、逮捕することが、できるかもしれません。しかし、私としては、殺人の動機である莫大な資産を、見つけ出して、そのあと、犯人を逮捕したいのです」

「もう一つ、聞きたい。君のいうAが、今までに、捜査線上に浮かんできたことがあったのかね？」

「このあと、捜査の過程でマークしていくべき人間は、分かっています。第一は、人材派遣会社ＯＫジャパンの女性社長、木下由香です。第二は、箱根の別荘の現在の所有者であるという小池清之、第三が、名前は、Ｍ・ＳＡＫＡＩとしか分かりませんが、富士の樹海で、黒沢美佐男が、助けようとした若い娘、この三人です」

と、十津川が、いった。

「その三人を、調べていけば、捜査は、進展すると、思っているのかね？」

「残念ですが、あまり、期待できないと、思っています」

「どうしてだ？」

「今回の事件については、捜査をいくら進めても、本当かウソか分からないことばかりです。この三人が、黒沢美佐男が絡んでいる、莫大な資産を狙っているとすれば、われわれに対して、本当のことを、いうはずがないからです」

「それでは、どうすれば、いいと思っているのかね」

「まず、ここで私が話したことは、しばらく、内密にしておいていただきたいのです」

「どうしてかね？」

「私のいったことが、もし当たっているとすれば、Aは、われわれを警戒して、接触を止めてしまうでしょう。ですから、われわれは、今まで通り、何も分からない、利用されていることに気付いていないと、そういう状況にあると、Aに、思わせておきたいのです。そうすれば、Aは、間違いなく、次の手紙を、われわれか、M新聞社に送ってくると、思うのです。その投書には、今まで通り曖昧なことしか書かれていないと思いますが、どこかでAに繋がっていると思います。うまく利用すれば、Aに近づくことができると、期待しています」

と、十津川が、いった。

3

翌日の記者会見で、三上本部長は、こんな言葉を、集まった記者たちに、発表した。

「残念ながら、われわれは、依然として、黒沢美佐男さんを殺した犯人を逮捕することができず、困っています。今後も、これまで通りの捜査を、続けていけば、間もなく、容疑者が浮かんできて、逮捕できるものと、期待しております。そのためには、殺された黒沢美佐男さんが、いったい、何者なのか、どうして、殺されたのか、どういう性格の人間だったのかといったことをもっと知らなければなりません。そこで、記者の皆さんに、お願いしたい。黒沢美佐男さんについて、何か知っていることがあれば、ぜひ、警察に教えていただきたい」

三上が、いうと、記者の一人が、意地悪く、

「警察が、われわれマスコミに、情報提供を呼びかけているということは、つまり、捜査が難航して、行き詰まっていると理解してよろしいわけですね？」

「残念ながら、その通りです。なぜか、被害者黒沢美佐男さんについて情報が集まらず、困っているのです。どこかに、彼について、何かを知っている人が、いるはずなのです。どんな情報でもいいので、警察に知らせていただきたい」

「今後、新しい情報がなければ、捜査は、進展しないということですか？」

「その通りです。しかし、黒沢美佐男さんは、架空の人物では、ないのです。この世の中に、実在していた人物ですからね。彼についての知識を持った人は、何人もいるはずです。情報ゼロということは、あり得ません。われわれは、このまま捜査を続けますが、黒沢美佐男さんについて情報をお持ちの方には、ぜひ協力していただきたい。この件は、重ねてお願いします」

と、三上が、いった。

4

記者会見の二日後に、十津川が、期待していた手紙が、捜査本部に届いた。

十津川は、すぐに封を開けて、中を確認してみた。便箋一枚に、こうあった。

「先日、都内のホテルで、不慮《ふりょ》の死を遂げた黒沢美佐男氏について、私は、あるエピソードを、知っています。

これは、あまり知られていませんが、箱根バイパスで、問題が起きたことがあります。それを解決しようとした黒沢氏が、妨害する相手を殴って、危うく傷害容疑で逮捕されそうになったことが、あるのです。

結局、この件は、示談《じだん》で済みましたが、黒沢氏というのは、立派な人物ではありますが、カッとなると暴力に訴えることもある男だとわかった事件です。

そのことが、今回の殺人に、関係しているのではないかと、思っておりますので、ぜひ、捜査をしていただきたい。よろしくお願いします。

黒沢美佐男の真実を追及する男より」

パソコンで打たれた手紙だった。もちろん、この手紙は、その日の捜査会議で検討された。

「この手紙ですが、前の四通の手紙とは、差出人の名称が違っています。しかし、差出人は、おそらく、同一人物だろうと、私は、思っています」

と、十津川が、いうと、三上が、

「その根拠は？」

「文章がよく似ていますし、黒沢美佐男についての小さな情報を、警察にぶつけることで、警察に、それを、調べさせようとしているところは、前の投書と全く同じです」

「投書の内容については、君は、どう思っているんだ？」

「今までとは、少し違って、見えます。今までは、漠然とした曖昧な情報で、われわれ警察に、それを調べさせようとしていましたが、今回は、曖昧な事件ではなくて、はっきりした事件について書いてあります。書かれていることは、本当のことだと思いますね。ですから、調べれば、はっきりとした答えが出るものと思っています」

翌日から、捜査が始まった。

箱根へのルートは、いくつもある。その中で、観光客に、いちばん利用されているのは、小田急のロマンスカーで、箱根湯本まで行き、箱根登山鉄道を使って、強羅まで行くルートである。

車、あるいは、徒歩で行くルートもいくつかあり、東京方面から、静岡県側、あるいは、山梨県方面からも、箱根に行くことができる。ゴールデンウィークともなると、どのルートも、車で一杯になってしまう。

そこで、有料で、箱根に行くバイパスを造ろうとする会社が出てきている。

しかし、新しく造られたバイパスは、通行料が高いので、人気がなくて、オフシーズンの場合、使われることは、ほとんどない。

十津川と亀井は、強羅にある観光協会を訪ね、箱根バイパスで起きた事件について、聞いてみることにした。

十津川たちは、浅野《あさの》という会長に会った。

「観光シーズンになると、箱根に通じる道路はどこも、車で一杯に、なってしまいます。そんな時には、いつもは、空いている箱根バイパスも、車であふれます。いつも使う道路に比べて、料金は、高いですが、その高い料金を払ってでも、車で箱根に行ってみたいという人がたくさんいますからね。私たち観光協会としては、できれば、バイパスの料金を、もう少し安くしていただきたい。一般の道路が混むので仕方なく、観光客は、バイパスを使うわけですからね。その料金があまりに高いと、箱根が、敬遠されてしまう恐れがあります」

「たしかに観光客にとって、安ければ、それに、越したことはありませんね」

「今、いちばん問題になっているのは、外国の資本で造られたバイパスなんですよ」

と、会長が、いった。

「箱根には、外国資本のバイパスがあるんですか？」

「ウェルカムと英語で書いた大きな看板が出ているから、すぐに分かりますけどね」

と、いって、会長が、笑った。

「そのバイパスの料金が、高いということですか？」

「そうです。その会社にいわせると、道路の幅も広げたし、安全にも気を配って、ガードレールも整備した。それから、途中に、休憩所も新築した。そうなると、通行料が高くなってしまうのも仕方がない。そういわれると、こちらとしては、通行料をもっと安くしろとは、なかなかいえませんのでね」

「黒沢美佐男という男が、箱根バイパスのことで、交渉相手を殴ったときいたのですが、それが、今、会長さんがおっしゃった外国資本のバイパスのことですか？」

「ええ、そうなんですよ。そのバイパスについて、もう少し、通行料を、安くしてほしい。

そうするほうが、結果的には観光客の数も増えて、そのバイパスを経営している外国の会社にしても、利益が、上がるんじゃないかと、話したんですがね。その会社は、利益優先で話がこじれてくると、ゴールデンウィークには、料金を普段の二倍にすると、いい出したんです。それが週刊誌に載りましてね。その時、黒沢美佐男さんという人が、そのバイパスを、外国資本から、買い取る話を持ち出してきたのです。買い取った後は、現在の料金の半額にする。十年後には無償で、観光協会に譲渡すると、黒沢さんは、いってくれたんですよ。われわれにとっては、ありがたいことなので、外国資本の会社に、その旨を、告げたのですが、足元を見るというんでしょうね。そのバイパスが、現在、十億円の価値があるとすると、倍の二十億円、あるいは、三十億円でなければ、売却しないと、いい出したんですよ。そこで、とにかく、黒沢美佐男さんと話し合ってほしいといいましてね。ここに、その黒沢さんと、外国資本の代表者に、来てもらって、話し合いを持ったのです。そうすると、外国資本の代表者のほうは、ますます、つけ上がって、値段を、更《さら》に吊《つ》り上げていくんですよ。そのうち、黒沢さんは、腹に据えかねたのか、ここは、日本なんだ。箱根バイパスを一番利用するのも、日本人なんだ。そのことを考えて、もっと譲るべきところは譲るべきだろう。あなただって日本が好きなんだろと、いいましてね。いきなり、相手を殴ってしまったんですよ。外国資本の代表者の人、たしか、ヘンリーさんといったかな、その人が、怒って、黒沢さんを、傷害罪で訴えるといい出したんですよ。われわれとしては、せっかく、箱根の観光のために、力を貸してくれている黒沢さんに、申し訳ない。そう思いましてね。いろいろと、手を尽くしました。現場には、私と私の秘書、黒沢さん、それから、ヘンリーさんと、もうひとりの五人しかいないところでしたからね。示談にならなければ、私たちが、裁判で、先に殴ったのは、あなたのほうだと証言してやる、三人対二人だぞといって、脅かしたりもしました。それで、何とか示談になったんですよ」

「それで、箱根バイパスの買収は、どうなったのですか？」

「黒沢さんは、相手に対して、もし、正当な値段で売る気があれば、いつでも応じますよといってくれたんですがね。相手が、値段を吊り上げてしまって。それでも、話は継続されていたのかな。ただ、その黒沢さんが亡くなってしまって、箱根バイパスの一件も、空中分解して、うやむやになってしまいました。それに、黒沢さんは常に自分が表に立つのを嫌う人でしたから」

と、会長が、いった。

「われわれは、今、その黒沢さんが、殺された事件を調べているんですよ。四月九日に、都内のホテルで殺されたのですが、その時、黒沢さんは、翌日の小田急のロマンスカーの切符を、持っていたんです。箱根に行くつもりだったのですよ。もしかすると、その箱根バイパスの買収の件で、こちらに、来る予定だったんじゃありませんか？　そういう話を、お聞きになっていませんか？」

「そういう話は、何も、聞いていませんね。もし、箱根バイパスの買収の話で、黒沢さんが、いらっしゃったら、われわれは、大歓迎でしたが、そういう話は、何も聞いていませんでした。ただ、黒沢さんは、いつもおひとりで、いきなりいらっしゃる方でしたが」

十津川たちは、帰りは、問題の箱根バイパスを利用してみることにした。たしかに、その料金は、ほかの道路に比べて、二倍だった。

しかし、観光協会の話だけでは、分からないことが、あるかもしれない。そう考えて、東京に戻ると、箱根観光で、競合している鉄道会社の一つに行き、話を聞くことにした。箱根を回るバスや、芦ノ湖の観光船を経営している鉄道会社である。そこの営業部長に、話を聞いた。

十津川が、箱根バイパスの件を、口にすると、

「ええ、その件でしたら、よく知っていますよ。今年の二月に起きた事件ですよ。黒沢美佐男さんの名前はその時に聞きました。黒沢さんというのは、よく分からない人ですが、かなりの資産家だとは聞いていました。これはウワサですが、二百億とか、三百億とかの

お金を、平気で動かすことのできる人で、その人が、外国資本が経営している箱根バイパスを買い取る話が突然出てきたんですよ」

と、相手が、いった。

「それが、なかなか、うまくいかなかったそうですね」

「そうなんです。黒沢さんが提示した金額は、妥当《だとう》なものだと思いますが、相手が、値段を吊り上げましてね。それも、値を吊り上げただけではなくて、ウチの会社にも、話を持ちかけてきたんです。黒沢さんと、ウチの会社の双方に、箱根バイパスの売却話を持ちかけて、値を吊り上げてきたんですよ。それにウソをつかれました。例えば、ウチが、二十億円で買い取りたいというと、黒沢さんは、五十億円出すといっているというのですが、後になって、その五十億円は、ウソだと分かったのです。相手は、そういうことを、平気でやりましてね。それで、黒沢さんは、怒ってしまったのではありませんかね？　相手を殴ったという話も聞いていますよ。何とか示談になって、よかったじゃありませんか」

「今年の四月九日、その黒沢さんが、都内のホテルで殺されてしまったのですが、その時、黒沢さんは、翌日の小田急のロマンスカーの切符を持っていて、箱根に行くはずだったらしいのです。ひょっとすると、黒沢さんは、箱根バイパスの買収の件で、箱根に、行こうとしていたのではないかと、考えたのですが、その点は、どう思われますか？」

十津川が、きいた。

「いや、私には、分かりませんね。ウチは、あの値段では、買い取れないので、手を引いていましたから」

と、相手が、いった。

第五章　黒沢一族

1

十津川は、今回の事件に関して、M新聞社の高木記者とは、何回か会って、話をしている。その高木から、夜半になって、十津川に、電話がかかってきた。

「実は、十津川さんに、一人の男を、ご紹介したいと思いましてね。できれば、彼を、警察の力で、守っていただきたいと思っているんですよ」

と、いきなり、高木が、いった。

冗談とは思えない、真剣な、口ぶりだった。

「どういう男ですか？」

「名前は、小西信行《こにしのぶゆき》といって、四十歳になる男です。ある理由で、何者かに、命を狙われているのと思われるので、警察の力で、守っていただきたいのですよ。私たち新聞記者では、どうにもなりませんから」

と、高木が、いう。

「その男は、今回の事件に、関係している人間ですか？」

「私は、関係が、あるからこそ、命を狙われていると、思っているのですが、小西信行は、必ずしも、われわれに協力的とはいえません。むしろ、非協力的です。警察にも、協力するかどうかは分かりませんが、例の黒沢美佐男について、いろいろと知っていると思われるフシがあります」

「分かりました。いいでしょう。どこに迎えに行ったらいいんですか？」

「M新聞社の裏門に来ていただけませんか？　そこで待っています。ただ、パトカーで来られると、この男のことがバレてしまうので、目立たない車で来ていただきたいのです」

と、高木が、いった。

「分かりました」

十津川は、約束した。

十津川は、パトカーではない、普通自動車を用意し、若い西本刑事に、運転させ、十津川自身と亀井が乗って、夜半の道路を、M新聞社に向かった。

M新聞社の裏手は、駐車場になっている。その入口のところで、高木記者が、十津川たちを、待っていた。

高木が連れてきたのは、小柄な中年の男だった。四十歳の男だと、いっていたが、十津川の目には、それよりずっと年長に見えた。

ジャンパーにジーンズ、そして、スニーカー。髪の毛が乱れていたが、それ以上に、十津川が気になったのは、傲慢《ごうまん》そうに見える目つきだった。

十津川たちの車に、問題の男、小西信行を乗せた後、高木が、小西に向かって、

「小西さん、あなたには、警察に、行ってもらうのが、いちばんいいんですよ。われわれ新聞記者には、ボディガードのような役目は、できませんからね」

と、いうと、小西は、

「私を守ってくれるのは嬉《うれ》しいが、私には、警察に協力する気持ちなんて、全くないからね」

若い西本刑事が、その言葉に、敏感に反応して、ムッとした顔で、

「それなら、このまま、ここに置いていきましょうか？」

と、十津川に、いった。

「まあ、待てよ。とにかく、捜査本部に戻ろう」

とだけ、十津川が、いった。

2

捜査本部に連れてきた後も、小西の態度は、全く変わらなかった。

いきなり、「腹が減ったので、何か食わせてくれ」といい出し、二十四時間営業のコンビニから、レトルトのカレーを買ってきて、炊いてあったご飯の上にかけて、差し出すと、アッという間に平らげ、今度は、「ビールが飲みたい」という。

これも、若い刑事が、買ってきた。

その間に、十津川は、M新聞の高木に電話をかけ、小西信行の、もう少し詳しい経歴を、教えてもらうことにした。

「小西は、黒沢美佐男の研究家、黒沢ファンドの研究家として、名前が、通っています」

「それなら、どうして、M新聞で、小西のいうことを本にしないのですか？　今なら、ベストセラー間違いなしじゃありませんか？」

「私も私の上司も、そう考えたんですが、肝心の彼の話が、どこまで本当なのか、分からないんですよ」

「なるほど」

「小西の話は、たしかに面白いのですが、彼の話が、本当かどうかの証拠が、何もないんです。本にして、出版しても、内容がウソばかりだったら、名誉毀損《きそん》で、訴えられるかもしれませんし、ウチの新聞としても、信用を失ってしまいますからね。勝手かも知れませんが、彼の話が本当かどうか、警察で調べてほしいのです」

と、高木が、本音を、いった。

「高木さんは、あの男を、どこで見つけてきたんですか？」

「いや、見つけてきたのではなくて、向こうから、電話をかけてきたんですよ。今、問題になっている、黒沢美佐男のことだが、自分は、前々から黒沢美佐男と、黒沢ファンドについて研究している。原稿もある。それを買わないかと、いってきたんですよ」

「それで、買う気になった？」

「ええ、だって、そうでしょう？　十津川さんがいわれたように、今、世間で話題の黒沢美佐男と、黒沢ファンドのことなんですからね。それに前々から、小西という男が、黒沢美佐男と黒沢ファンドについて研究しているというウワサは、聞いていましたから、すぐに、来てもらったんです。ところが、会ってみると、どうにも、つかみどころのない男で、何かというと取引をしたがるんですよ。ウソか本当か分からないような小さなエピソードを、ちらっと口にしましてね。いくらで買うかと、聞くんですよ。その小さなエピソードだって、事実だという裏付けが、何一つないんですよ。それで、デスクが『本当のことなら、いくらでも、金を払う。しかし、今のように取引ばかりするのなら、帰ってもらう』と、怒りましてね。裏口から、叩き出したんですが、裏口を出た途端に、いきなり、何者かに狙撃されましてね。慌てて引っぱり込んだんですが、ウチが、ボディガードをやるわけにもいかないので、十津川さんに、連絡をしたわけですよ」

「難しい男だが、外に出た途端に、狙撃されたとなると、本当のことを知っている。そんなふうに、見たわけですね？」

「その通りです。彼は、事実を知っているに違いないと思っています。しかし、それを聞き出すのは、大変だと、思いますよ。相当の変わり者ですからね」

「ほかに、あの男について、高木さんが、知っていることはありませんか？　こちらでも、何か取りかかりが必要ですから」

「これは、私の勝手な、想像なんですが、構いませんか？」

「どうぞ」

「小西は、昔、黒沢ファンドのことで、何か痛い目に、遭ったのではないでしょうか？　それで、黒沢美佐男や黒沢ファンドの研究を始めた。そんな気がするのです」

とだけ、高木は、教えてくれた。

3

たしかに、小西信行という男は、どうにも扱いにくかった。思わせぶりに、黒沢ファンドのことや、黒沢美佐男のことを、よく知っていると匂《にお》わせておきながら、十津川が、話を聞こうとすると、とぼけて、忘れてしまったといったり、十津川の質問が、聞こえないふりをしたりするのだ。

そのため、若い刑事たちが、小西の態度に腹を立て、十津川や亀井も、次第に、イライラしてきた。

そんなとき、M新聞社の高木から、ファックスが、送られてきた。

「小西信行について、わずかではありますが、分かったことを、お知らせします。

小西信行は、黒沢美佐男と、同郷の生まれです。

三十歳の頃、事業に失敗して、無一文になった時、郷里の先輩である黒沢ファンドの一族、黒沢美佐男に、借金を申し込んだところ、見事に拒絶されてしまったそうです。

黒沢美佐男から『自分で何の努力もしないような男には、一円の金も、貸すことはできない』と、手ひどく断られたそうです。

そうならば、黒沢美佐男の正体、あるいは、黒沢ファンドの実態を、暴いてやろう。そう思って、研究を始めたと、いわれています。

今のところ、ここまでしか、分かっていませんが、何かの参考になればと思い、ご連絡しました」

十津川は、このファックスを読んだ後で、小西信行から、話を聞くことにした。

十津川は、いきなり、

「君は、黒沢美佐男のことを尊敬していて、それで、彼のことや、黒沢ファンドのことを研究しているのかとばかり思っていたら、実は、そうじゃないんだと、分かったよ。三十歳の頃、君は金に困って、黒沢美佐男に会って、同郷のよしみで、金を貸してもらおうと思った。ところが、断られたばかりか、手ひどく怒られてしまった。それが悔《くや》しくて、黒沢美佐男のことや、黒沢ファンドのことを研究するようになったというじゃないか。そういう情けない動機で研究を始めた人間は、警察としても、信用ができないし、守ってやるヒマもない。だから、もう帰って結構だよ」

と、浴びせた。

十津川の言葉に、小西の態度が、急変した。

それまでは、のらりくらりと、警察をからかっているかのような、態度だったのが、急に、生真面目《きまじめ》な顔になって、

「それじゃあ、私を追い出すんですか？」

「いいかね、警察という組織は、国民の税金によって、成り立っているんだ。君のような、何も知らない男、何の役にも立たない男に、その税金を使って、飯を食わせてやるというわけには、いかないんだよ。だから、今すぐ出ていってもらうよ」

「私を殺す気ですか？」

小西が、いった時、十津川と、示し合わせていた日下刑事が、飛び込んできて、

「署の前に、朝からずっと、妙な車が、停まったままになっています。動く気配が、全くありませんね。車内には、男が二人乗っていて、小さな双眼鏡を使って、ずっと、こちらを見張っています」

小西は、当惑と怒りの入り混じった表情になって、

「ここを出ていったら、間違いなく、そいつらに、殺される。それでも、私を助けようという気持ちはないんですか？」

「殺される？　そんなはずはないだろう？　君は、何も、知らないんだからね。殺される理由がない」

十津川が突き放した。

「いや、黒沢美佐男についても、それから、黒沢ファンドについても、いろいろと知っているんだよ」

「じゃあ、それを証明してくれないか。われわれが、納得すれば、君をガードしてあげるよ。しかし、条件付きだ。本当らしい話でも、ちゃんとした、証拠がなければ、事実とは認めないからな」

さらに、十津川は、強く出た。

その脅しが、よかったのかもしれない。今度は、小西のほうが、条件を口にした。

「警察が、私の助力で犯人を逮捕できた場合は、警察が公表する前に、私の原稿を、M新聞に渡すこと。それを、絶対に、守ってほしい。何といっても、私は、十年間ずっと、黒沢美佐男と、黒沢ファンドを追いかけてきたんだからね」

小西が強い口調《くちょう》で、いった。

「いいだろう。その条件を飲もう。ただし、君がしゃべることが、捜査の役に立った場合に、限定される。それでいいな？　文句はないな？」

十津川が、念を押した。

「それで、いったい、何を、知りたいんですか？　警察は、何でも知っているんじゃないんですか？」

小西は、バカにしたような口調で、いった。

「まず聞きたいのは、黒沢ファンドのことだ。いくらぐらいの、金額が動かせるのか？黒沢ファンドが、本当に実在するのかどうかも、聞きたい」

「以前には、黒沢ファンドは、名前だけ有名で、実際には、いったい何なのか、実在するのかどうかも分からなかったんですよ。今でも、実在するという人もいれば、単なる伝説だという人もいますよ」

「黒沢ファンドは、いったい、どこにあるんだ？　日本国内？　それとも、アメリカ、あるいは、スイスなのか？」

「滋賀県に、近江八幡というところがあって、昔から、そこに、黒沢一族が住んでいたんです。典型的な近江商人の一族で、ずっと、以前から最近まで、あらゆる商売、あるいは、事業に手を出して、莫大な金額を手にしてきたんです。近江商人で有名なのは、堤《つつみ》一族ですが、堤一族というのは、とにかくやることが、何でも派手でしょう？　それに対して、黒沢一族は、堤一族のような派手な動きこそなかったが、着実に資産を増やしていったんです。ところが、今から二十年ほど前に、当主の黒沢謙次郎《けんじろう》が、不慮の死を遂げてしまった。病死だったのか、事故死だったのか、知りません。普通の死に方でなかったことだけは、たしかみたいですよ。残された遺族は、当主の突然の死に、遭遇《そうぐう》して、いくら事業に精を出したり、一生懸命、金儲けに走っても、死んでしまったら、何にもならない。空《むな》しいだけじゃないかと、思ったのか、黒沢一族は、全ての事業から手を引いてしまったんです。その時点で、黒沢家の全資産、いわゆる黒沢ファンドは、五百億円、あるいは、六百億円、中には、一千億円という人もいましたが、正確なところは、私は、知りません。ただ単に、事業を止めてしまったのでは、亡くなった当主の、謙次郎に申し訳ないと考え、黒沢一族は、黒沢ファンドを、世のために、使うことにしたんです。一族の中の一人、黒沢美佐男が、東京に住み、自由に、東京やその周辺を歩き回って、金を必要としている人間がいて、その人のやっていることが、世の中の、役に立つことであると分かったら黒沢一族に連絡をして、資金を貸す。そういう仕事を始めたんです」

「そういえば、黒沢美佐男は、人材派遣会社ＯＫジャパンの会長をやっていたという、話も聞いているんだが、黒沢ファンドは、ＯＫジャパンに出資していたわけか？」

「たしかに、出資は、していましたが、会長うんぬんは、知りません。まだ人材派遣業という仕事が、今ほど盛んではなかった頃、黒沢美佐男は、人材派遣会社は、将来、絶対に必要になると考えて、出資することを決めたんだと思いますね」

「それで、黒沢ファンドは、ＯＫジャパンに、いくら出資したんだ？」

「その金額については、私にも分かりません」

「ＯＫジャパンが、裏で、売春をやっているという話は、どうなんだ？　本当なのか？」

十津川が、きくと、小西は、笑って、

「完全なデマですよ。そんなことは、ありません」

「次は、富士の樹海に入ったまま、出てこなかったという若い娘の話だ。黒沢美佐男は、その娘を助けようとして、自ら樹海に入っていった。この話は、黒沢ファンドと、どういう、関係があるんだ？」

十津川が、きいた。

「もちろん、その件についても、ちゃんと調べましたよ。細かいところは間違っているかもしれませんが、大筋は、こういう話なんですよ」

小西は、続けて、

「箱根の芦ノ湖の近くで、旅館をやっていた一家が、いました。坂井《さかい》家というんですが、その家に、坂井美弥《みや》という十七歳の一人娘が、いたんですよ。ある時、美弥の両親が騙《だま》されて、旅館を手放すことに、なってしまったんです。この坂井夫妻は、二人とも真面目で優しくて、仕事熱心だったんですが、おそらく、そこにつけ込まれて、旅館を手放すことになってしまったんでしょう。そのことを聞いた黒沢美佐男は、一族に、この夫婦を助けてほしいと、連絡しました。黒沢ファンドから、この両親に、融資が行われることになりました。ところが、坂井夫妻は、あまりにも、人がよすぎたために、また騙されて、ついには、夫婦揃《そろ》って、自殺してしまったんですよ。娘の美弥は、自分も、両親の後を追って死ぬつもりで、富士の樹海に、入っていったんです。それで、黒沢美佐男は、二回にわたって自ら樹海の中に入っていって、この娘を助けようとしたのですが、ダメでした。黒沢美佐男にしてみれば、自分が、美弥の両親に、黒沢ファンドから、融資の話を持っていったことが災いして、両親が死んでしまったと、考えて、何とかして、娘を、助けようとしたのかもしれません」

「結果的には、坂井美弥という娘は、見つからなかったんだろう？」

「そうです。見つかりませんでした」

「その後で、黒沢美佐男は、芦ノ湖の湖畔に建てられた別荘を、四億円で、買い取っている、という投書があった。これはどういうことなんだ？　黒沢ファンドが、融資をした夫妻が死んでしまい、その一人娘も、富士の樹海に入ったままなんだろう。それなのに、どうして、黒沢美佐男は、あの別荘を買ったんだ？　今さら買っても、仕方がないだろう？

そこに住まわせたい人間は、三人とも死んでしまったんだから」

小池の証言を、信用していない、十津川は、別荘について、きいた。

「黒沢美佐男という人間は、何でも、自分のせいにしてしまうんですよ。それは気の弱さで、いい換えれば、性格じゃないですか？」

「だから、どうして、黒沢美佐男は、別荘なんか買ったんだ？　われわれが知りたいのは、そのことだ」

「親子三人を、死なせてしまったのは、自分の責任だと考えた、黒沢美佐男は、坂井夫妻のやっていた旅館を、買い取ろうとしました。しかし、それが出来なかったので、仕方なく、あの別荘を買って、坂井夫妻と娘の美弥、この三人と、どこかでつながっている人間がいて、名乗り出てきたら、あの別荘を、譲るつもりだったんですよ。これは、たしかな話ですよ。ただ、黒沢美佐男が、死ぬまでに、彼が望んだ、坂井夫妻や娘と、関係のある人間は、現れなかった。そういうことですよ」

と、小西は、こたえた。

「最後に、箱根バイパスのことを、聞きたいんだが、黒沢美佐男が、現在、外国人が経営している、箱根バイパスを買い取ろうとしていたというのは、本当なのか？」

「あの箱根バイパスの一件は、あまりにも、問題が多かったんですよ。箱根の観光協会では、何とかして、日本人が、あのバイパスを買ってくれて、通行料金を安くしてくれれば、箱根の観光にもプラスになると考えて、黒沢美佐男のところに、話を持っていったのは本当です」

「それじゃあ、黒沢美佐男は、そのつもりで、動いていたんだな？」

「ええ、そうです。黒沢美佐男は、すぐに、黒沢一族に連絡をして、外国人の経営している箱根バイパスを、買い取るようにと、勧めたと思いますよ。ところが、その話を持って、強羅にある観光協会に行こうとしていた矢先に、殺されてしまったんです。私は、そんなふうに、考えていますけどね」

と、小西が、いった。

「誰が、黒沢美佐男を殺したのか、君には、分かっているのか？」

十津川が、きいた。

「それが分かっていたら、とっくの昔に、M新聞で、発表していますよ」

と、小西が、いう。

しかし、そんな時にも、警察には、話さないつもりだったらしい。

「本当に、四月九日に、黒沢美佐男を、殺した犯人に、心当たりはないのか？」

「ありませんよ。私は、警察とは違って、犯人を見つけることには、興味がないんですよ。

私が興味を、持っているのは、黒沢ファンドの行方と、どうやれば、黒沢ファンドを、手に入れることができるかということだけですからね」

「まさか、君が、四月九日に、黒沢美佐男を殺したんじゃないだろうね？」

十津川が、きくと、小西は、一瞬、えっという顔になって、

「今まで、刑事さんみたいに、考える人は、一人もいませんでしたよ」

「しかし、君には、はっきりとした動機があるし、十年間にわたって、黒沢ファンドや黒沢美佐男本人について、調べていたんだからね。殺すチャンスを、見つけることだって、簡単だったはずだ」

「殺すチャンスは、ほかの人よりも、多かったかもしれませんが、動機がないでしょう？黒沢美佐男を殺して、いったい私に、どんな利益が、あるというんですか？　もし、あるというのなら、ぜひ、教えてもらいたいもんですね」

「しかし、君が、今いったじゃないか？　黒沢ファンドを、手に入れたいとね」

「私のことを、信用しないのなら、それで、いいですよ」

と、いって、小西は、笑ってから、

「ほかの連中は、私よりも、何倍も悪人で、手強《てごわ》い連中ですよ」

「その通りだな。今回の事件について、妙な連中が、あちこちで、うごめいている。M新

聞に、黒沢美佐男の、大きな広告を出した連中がいるし、捜査本部とM新聞に、手紙を送りつけてきた、黒沢美佐男氏のファンと称する連中もいる。黒沢美佐男氏のファンだと、名乗りながら、その一方で、黒沢美佐男という男は、怪しい人物だとも、書いている。いったい、どういう連中なのか、知っていたら、教えてくれないかね？」

と、十津川が、いった。

4

「私が、黒沢美佐男や黒沢ファンドのことを地道に調べて、その正体に迫ろうとしていた頃、黒沢ファンドの莫大な資金のことが、ウワサになり始めたんです。その頃は、黒沢ファンドといっても、信じない人が、大多数でした。十津川さんも、いわゆるM資金というのは、ご存知でしょう？　黒沢ファンドも、まさに、それと同じような扱いを受けていたんですよ」

「M資金のことは、話には聞いている。要するに、いわくつきの資金が、どこかに、眠っているということだろう？　それが、いわゆるM資金で、それを、手に入れることができれば、莫大な利益を得ることになる。しかし、今までのところ、名前だけは、よく知られていて、何年かおきに、話題にはなるものの、その正体を、知っている者は、ほとんどいない。その上、M資金をネタに、詐欺《さぎ》を働く者も絶えない」

「そのM資金と、同じように、黒沢資金、あるいは、黒沢ファンドのことを、考えている人が、大部分だった。それでも、何とかして、黒沢ファンドの金を引き出そうと、狙っている連中がいたんです。彼らは、まず、東京にいる黒沢美佐男に接触して、黒沢ファンドの資金を、手に入れようとしました。例えば、架空の事業話を持ちかけてね。いわゆる、ベンチャー企業の話ですよ。しかし、黒沢美佐男という男は、人がいいが、優秀な頭脳の持ち主ですし、彼には、黒沢一族という、強大なバックがありましたから、彼を騙して、黒沢ファンドから、金を引き出すことは、なかなかできなかった。そこで、連中は、何をしたかというと、M新聞に、黒沢美佐男という男についての、大きな広告を載せたんです」

「あれには、われわれも、大いに、注目した。誰が、何のために、黒沢美佐男という個人の、広告を載せたのか、それが分からなくてね」

「あれだけ大きな広告を、載せれば、反応がある。当人の、黒沢美佐男が、何か反応を示すかもしれないし、彼の背後にいる黒沢一族が、動揺するのではないか？　それにつけ込んで、大金を奪ってやろう。そんなことを考えて、あの広告を載せたんだと、私は、思っています」

「しかし、うまく、行かなかったんじゃないのか？」

「そうですよ。うまく、行かなかったんです。あの広告で、連中は、少なくとも五百万円くらいは使ったと、見ていますが、広告が出た後に、連中と黒沢美佐男が、接触をしたという話も、聞いていませんし、近江の黒沢一族の動きも、全く、ありませんでした。ですから、五百万円をムダに使ってしまったんです」

「それで、連中は、次に、黒沢美佐男を殺すという行動に出た。しかし、そんなことをしたら、なおさら、黒沢ファンドの資金は、手に入らなくなってしまうんじゃないのか？殺人事件となれば、当然、警察が、乗り出すからね」

十津川が、いった。

「たしかに、普通の神経を、持っている人間ならば、黒沢美佐男を、殺すなんてことは、絶対にしませんよ。金の卵を産むニワトリを、もっとたくさんの金の卵を、一度に、手に入れようとして、殺してしまったのと同じですからね」

「問題は、その後だ」

と、十津川が、いった。

「黒沢美佐男の葬式に、近江の黒沢一族が、上京してきたという話は、聞いていないが、なぜ黒沢一族は、東京で、黒沢美佐男の葬儀《そうぎ》をやらなかったんだ？」

「黒沢一族というのは、われわれには、想像もできない強い掟《おきて》を持っているんです。さっきもいったように、ある時、すっぱりと、事業から手を引いて、今度は、莫大な黒沢ファンドの資金を使って、有意義な事業に、投資することにしたわけです。その、投資先を調べるのが、一族の中の黒沢美佐男の役割に、なったんです。黒沢美佐男が殺されたとなれば、黒沢一族は、てんやわんやの、大騒ぎになるところでしょうが、実際には、そうはならなかった。というのは、黒沢一族は、あくまでも表に出ないことにしているからですよ。黒沢美佐男が殺されても、その背後に、黒沢一族の黒沢ファンドが、あったということは、内緒にしておきたかった。それが、黒沢一族の掟なのではないかと、見ています。黒沢一族が、慌てて上京してきたりすれば、かえって、黒沢美佐男を、殺した連中の罠に、はまることになってしまいますからね。その点、黒沢一族の対応には、重いものがあったと、私は、評価しているんです」

「今、われわれが、一番知りたいのは、犯人のことだ。君は、黒沢ファンドから、どうにかして、金を引き出そうと動いている連中といったね？　連中という以上、個人とは、考えられない。グループだと考えるんだが、君は、その連中というか、グループについて、どの程度知っているんだ？」

「正直にいって、連中が、何人なのかとか、どんな人間の集まりなのか、私は、知りません。ただ、一人でないことだけはたしかです。少なくとも、数人のグループだと、見ています。連中は、何とかして、五百億円とも、一千億円ともいわれる黒沢ファンドから、大金を引き出したいのです。もちろん、黒沢一族を騙してですが」

と、小西が、いった。

「それならば、黒沢美佐男を殺してしまったら、どうしようもないじゃないか？　金の卵を産むニワトリを、殺してしまったようなものだ。こうなると、どうやって、連中は、黒沢ファンドから、大金を引き出すつもりかね？」

「近江商人の流れを汲《く》む黒沢一族は、事業で大成功して、資産がみるみる、大きくなっていったんです。途中で、黒沢一族は、事業を止めてファンドを作り、恵まれない人たちを、融資を通じて、助けようとして、黒沢美佐男を、上京させたのです。それに対して連中は、そのことを知っていて、何とかして、黒沢美佐男に近づこうとしました。何しろ、彼の一存で、黒沢ファンドから、莫大な資金が提供されるんですからね。連中も、手を替え品を替えて、黒沢美佐男に、接触したんだと思いますよ。しかし、失敗した。連中には、何か、卑《いや》しいところがあったんじゃないですかね？　それを、黒沢美佐男が、見抜いて、連中には、黒沢ファンドの資金を、一円も提供しなかった。しかし、ほかの人たちには、黒沢フアンドの資金を、提供していったのです。ＯＫジャパンという人材派遣会社も、そうですし、坂井美弥という、娘の両親に、資金を提供しようとしたり、さらには、自殺を図ろうと富士の樹海に入っていった坂井美弥を、黒沢美佐男本人が、危険を冒《おか》してまで、探しに行っていたんですよ。それでも、連中には、黒沢ファンドから、資金を提供しようとしなかった。そのことで、連中は、イライラしていたと思いますね。そのうちに、今度は、黒沢美佐男が、外国人のやっている箱根バイパスを、買収しようと考えました。それには、かなりの資金が必要です。自分たちには、一円の金も出さないのに、外国人の運営している箱根バイパスを、買収するのに、大金を、注ぎ込もうとしている。連中は、それで、カッとしたんでしょうね。四月九日に、黒沢美佐男を、殺してしまったんです。もちろん、ただ単に、カッとしてではなく、考えてです。黒沢美佐男が殺されれば、近江から黒沢一族が、ドッと、上京してくる。そうなったら、これは、私の勝手な想像ですが、連中は、黒沢一族に、自分たちは、黒沢美佐男を殺した犯人を、知っているとか、彼を欺《だま》して、資金を手に入れた連中に、心当たりがあるとかいって近づくんですよ。しかし、連中が考えているように、黒沢一族は、行動しなかった。ですから、連中が、これからどう動くのか大いに興味があるんですがね」

と、小西が、いった。

「しかし、連中は、君を殺そうとした。どうして、犯人は、君を、狙ったと思うんだね？」

5

「ちょっと、自慢しますがね、十年前から、黒沢美佐男と、黒沢一族、黒沢ファンドについて調べていて、それを本にしようと考えていたんですよ。連中よりも、私のほうが、古くから、黒沢一族や黒沢美佐男のことを、知っていたことになるんです。そんな私が、連中には、邪魔に見えたので、殺そうとしたんじゃないかと、思っていますがね」

「連中が、君に接触してきて、一緒に、黒沢ファンドを手に入れようと、誘ったりはしてこなかったのか？」

「二度ばかり、連中から、会いたいという電話などを、貰っていますよ」

小西が、笑った。

「連中は、どんなふうに、君に、接触してきたんだ？」

「ウチは小さな出版社だが、あなたが、研究している、黒沢美佐男と黒沢ファンドについて、ウチから、本を出させてもらえませんか？　ベストセラーにする約束をしますよ。そういって、電話してきたんですよ」

「それで、どうしたんだ？」

「正直いって、一瞬、喜びましたし、迷いもしましたよ。だって、そうでしょう？　私は、十年前から、黒沢美佐男を研究し、黒沢ファンドについても、いろいろと調べているんですからね。いつかは、それをまとめて、本にして発表したいと、ずっと考えていましたからね。グラッとくるのが当然でしょう。しかし、冷静になって考えてみると、少しばかり、話がうますぎる。おかしいんじゃないかと、疑い出したんです」

「どうして、おかしいと、思ったのかね？」

「その時は、黒沢美佐男は、殺されていませんでした。この世の中に、黒沢美佐男のことを、知っている人間なんて、わずかしかいなかったんですよ。私が、黒沢美佐男や、黒沢ファンドについて研究していて、それに関する本を、書こうとしていることを知っている人間は、さらに少なかったと思うんです。それなのに突然、電話がかかってきたんですからね。そして、いきなり、本にしようと、いうんですよ。どう考えたって、おかしいじゃないですか？　本にする前には、当然、原稿を読ませてくれという要求が、あってしかるべきじゃないですか？　原稿を読んで、面白ければ、本にする。面白くなければ、なかったことにする。普通、出版というものは、そういうものですよ。出版社だって、慈善事業をやっているわけじゃありませんからね。それなのに、あの連中は、私の原稿も、読まずに、いきなり、本にしたいと、いってきたんです。OKならば、こちらから社員を訪ねさせますと、いったんですよ。自分たちのほうには、来てほしくない。そういう匂いが、しましたね。出版社といっても、マンションの一室か何かにあるんだと、思うんですよ。実体がなければ、絶対に怪しまれますからね。マンションの一室だったら、私は、その出版社を、信用しませんよ。だから、私は、二度目の電話をしてきた連中に、一度、そちらの会社にお伺いしてみたい。何人の人間で、どんな本や雑誌を出しているのかを、見てみたいといったんです。そうしたら、パタッと電話が来なくなりました。やっぱり、あの話は、全くのウソだったんですよ」

「つまり、君を買収しようとしていたのか？」

「買収しようとしていたのか、それとも、私を誘い出して、殺そうと考えていたのか、私にも、分かりません。簡単なのは、私を殺して、土の中に埋めてしまうことです。連中は、黒沢美佐男を騙して、黒沢ファンドから、金を引き出そうとしていたんです。そんな時に、いちばん邪魔なのは、私のような人間で、殺そうと思えば、簡単に殺せますからね。ですから、私は、連中は、私を利用しようとして、近づいたが、途中から、消してしまうことにしたと、思いましたね」

「連中が、君に、接触してきたのは、その二度だけか？」

「連中は、Ｍ新聞に二通と、警察に三通、合計五通の手紙を、送りつけてきたんでしょう？　ＯＫジャパンについてとか、あるいは、富士の樹海についてとか、ですよ。その都度、私にも電話がかかってきたり、手紙が、送られてきたりしましたよ。あれは、私を、仲間に引き入れようとする、誘いじゃありませんでしたね。最初の接触で、私を誘っても無駄《むだ》だということが、連中には、はっきりと分かったと思います。だから、その後の手紙や電話は、私の反応を知りたかったんだと思いますね」

「その後で、連中は、君の口を、封じようとしたわけだね？」

「今もいったように、連中は、私の反応を見ようとして、何度か、手紙や電話を寄越したんですが、私は、一度も、よい返事をしなかったんです。連中と一緒になって、悪いことなんて、できませんからね。ところが、私が、黙っていることに、連中は、怖くなったんじゃないですかね。私が、警察に連絡するのではないかと考えて」

「それで？」

「ある日、自分の車、といっても、中古のスポーツカーですけどね。それを運転していたら、急に、ブレーキが、利《き》かなくなったんですよ。まあ、よくある小細工ですよ。何とか、助かったんですけどね。それでいよいよ、自分が、連中に狙われているのが分かりました。

それで、M新聞に、助けを求めたんです」

と、小西が、いった。

「どうして、警察に、来なかったんだ?」

「そうですね、警察は、どうも苦手だと、いっておきましょう」

小西が、また、バカにしたようないい方を、した。

6

翌日の捜査会議では、当然、小西信行のことが話題になった。

三上本部長が、十津川に、尋ねた。

「今、こちらに来ている小西信行だがね、彼の話は、信用できるのかね?」

「かなり、参考になりました。殺された黒沢美佐男が、いったい、どんな人間なのかということや、彼の背後に、近江商人だった一族がいるということも、分かってきました。M新聞が受け取った手紙と、こちらに来た三通の手紙についても、かなり謎が解けてきたという感じがします」

「犯人のことは、どうなんだ? 何か、分かったのか?」

「小西にいわせると、犯人は、一人ではなくて、複数のグループだといっています」

「犯人が狙っているのが、黒沢ファンドというわけか？」

「そうです。小西の話では、その資金は、五百億円とも、倍の、一千億円ともいわれているそうです。今回の犯人グループは、その黒沢ファンドから、何とかして大金を、引き出そうとして、黒沢美佐男に接触したと考えられますが、黒沢美佐男は、頭が切れて、用心深いので、連中を信用せず、そのためファンドからは、資金が、提供されなかったそうです。連中は、そのことに怒って、四月九日に、黒沢美佐男を殺してしまったのだろうと、小西は、いっています」

「その言葉は、信用できるのかね？」

「小西という男には、信用できないところが、あります。しかし、黒沢美佐男のことについては、信用してもいいと思います」

「どうして、信用できると、考えたんだ？」

「起こっていることが、小西の話と一致するからです」

「犯人グループだが、小西とどこかで、つながっているんじゃないのか？」

「小西にいわせると、何度か、犯人たちから手紙が届いたり、電話が、かかってきたりしていたそうです」

「それなら、小西は、犯人たちのことを、よく知っているんじゃないのかね？」

三上が、十津川に、いった。

「小西が知っているのは、連中の中の一人、野中《のなか》という男だけだそうです。この男は、元役人で、女性問題で失敗して、今は、ほかの人間たちと一緒になって、黒沢ファンドから、何とか、金を引っ張り出そうとしている、そういう人間だそうです」

十津川は、ホワイトボードに、「野中」と書き、続けて、「四十二、三歳」、「中肉中背」、「元官僚」と、記した。

「それで、犯人たちだが、これから、どう出てくると、思うかね？」

「今まで、連中は、何とかして、黒沢ファンドの金を、引き出そうとして、いろいろと動き回っています。最初に、五百万円という大金を使って、M新聞に、黒沢美佐男の広告を載せましたが、効果がなかったのでカッとして、黒沢美佐男を殺してしまっています。連中は今、かなり危険な状態に、陥《おちい》っていると、見ています」

「連中は、かなり焦っていて、何をするか分からない。そういう、かなり危険な状況にあるというのか？」

「その通りです。ですから、こちらにいる小西信行は、簡単には、帰せないと思っています。署から出た途端に、連中が、小西を殺す可能性が、かなり高いと思いますから」

と、十津川は、いった。

7

ところが、その夜、事態が、思わぬ方向に展開した。

留置場に、留めておいた小西信行が、突然、姿を消してしまったのである。

その知らせを受けて、十津川は、首を傾げた。警察署の留置場から、収容されていた人間が逃亡するというのは、めったにないことだからである。

どうやら、看守のミスらしいが、今は、看守を問い詰めても仕方がない。

「問題は、なぜ、小西信行が、留置場から出て行ったのかということだな。今、自分が狙われていることは、よく知っているはずなのにだ」

十津川が、いうと、

「小西にとって、危険を冒してでも、もっと得になることが、あるからじゃありませんか？」

と、亀井が、いった。

十津川はすぐ、西本と日下の二人を、小西信行が住んでいるマンションに、急行させた。

しかし、小西は、自宅マンションには帰っていないと、西本から、連絡があった。

「小西は、自分が今、危険な状況にあることを承知しているのに、いったい、どこに行ったんでしょうか？」

三田村刑事が、十津川に、きく。

「おそらく、犯人たちに、会いに行ったんだろう」

と、十津川が、いった。

「殺されるかもしれない危険を冒してですか？」

今度は、北条早苗刑事が、きいた。

みんな同じ疑問を持っているのだ。

「小西という男は、おそらく、今、自分の持っている、黒沢美佐男や黒沢ファンドに関する知識が、絶対に金になると、確信しているんじゃないかな？　警視庁の刑事に話したって、一文の得にもならない。しかし、うまく取り入ることができれば、犯人は、大金を払うだろう。小西は、そう計算したんじゃないかな？　だから、十中八九、犯人たちに、会いに行っているんだ。そう思って間違いない」

と、十津川がいった。

「これからどうしますか？」

「犯人たちのことははっきりしないし、小西信行が、どこに逃げたのかも、分からないとなれば、ただ一つだけ、小西信行の消息が、つかめそうなところがあるじゃないか」

と、十津川が、いった。

一瞬、考えてから、亀井が、

「警部、もしかして、滋賀県の近江ですか？」

と、いった。

「そうだよ、カメさん、近江だ。犯人たちが、何とかして、金を引き出そうとしている黒沢ファンドのある場所だ」

十津川と亀井は、翌日の朝早く、新幹線で、琵琶湖《びわこ》の東、近江八幡に向かった。

第六章　一人の女

1

十津川と亀井は、新幹線と東海道本線を使って、近江八幡に向かった。

その途中の列車の中で、十津川は、近江商人について書いた本から、手帳に書き留めておいたことを、読み返した。

江戸時代、伊勢《いせ》商人と並んで、近江商人が全国的に、活躍した。江戸時代には、江戸日本橋、大坂本通り、京都三条通りに、近江商人の大きな店舗が、置かれている。

近江商人が口にする経営方針は、本家と出店を分離して独立採算制を採り、質素《しっそ》倹約《けんやく》を旨《むね》とし、商人道徳を重んじるということだった。

近江八幡は、その近江商人の生まれたところだが、現在では、アンティークな建物と水《すい》郷《ごう》と商人の町として有名である。

近江八幡駅で降りる。

駅から町の中心街までは、かなりの距離があるというので、二人は、バスに乗って、新《しん》町《まち》通りに向かった。

新町通りの周辺は、古い、それも、近江商人に関係のある建物が、数多く並んでいた。

江戸時代、蚊帳《かや》や畳表《たたみおもて》などで、財を成《な》した豪商の旧宅は、国の重要文化財に、指定されていて、一般公開されている。

また、明治初期の洋風建築も見えるし、大正になってから、大阪の大丸《だいまる》百貨店を設計したヴォーリズの近江兄弟《おうみきようだい》社の建物もある。ヴォーリズの自邸は、現在は記念館となっていて、一般公開されていた。

十津川は、そうした古い建物にも、興味があったが、今、何よりも見たいのは、黒沢家である。

黒沢家の建物は、新町通りの隣り、魚屋町《うわいちよう》通りにあった。白壁と瓦屋根と、格子戸《こうしど》が特徴の、大きな屋敷である。

そこで二人は、黒沢美佐男の弟、秀之《ひでゆき》に会った。

十津川が、

「黒沢家のことで、いろいろとお聞きしたい」

と、いうと、秀之は、

「話しやすい場所が、ありますから、そちらで、待っていてくださいませんか？　五、六分したら行きます」

秀之のいう、話しやすい場所というのは、水郷めぐりの舟の中だった。

場所を教えてもらい、十津川たちは、水郷めぐりの舟が出る、和船《わせん》乗り場に行って、待つことにした。

乗り場は茅葺《かやぶ》きで、昔の茶店のような造りの家になっていた。二人は、床几《しょうぎ》に腰を下ろして、待つことにした。
五、六分すると、黒沢秀之が、作務衣《さむえ》姿で、櫓《ろ》を担《かつ》いで現れた。
「ここには、私の舟も、置いてあるので、ゆっくり水郷めぐりを楽しみながら、お話をしましょう」

と、いった。

和船を漕いで、水郷めぐりをする免許も、持っているという。

二人が舟に乗り込むと、秀之は、ゆっくりと櫓を漕ぎ始めた。

舟は、狭い水路を、のんびりと進む。

この水郷めぐりを、始めたのは、豊臣秀吉《とよとみひでよし》の甥《おい》、秀次《ひでつぐ》だといわれている。

水路の近くは、一面、背の高い葦《よし》に覆《おお》われ、その間の細い水路を進んでいく。十津川たちの他に、舟は出ていない。

たしかに、込み入った話をするには、この環境が、いちばんいいかもしれない。何しろ、舟の上には、十津川たちの他は、誰もいないからである。

風の音と、水音と、時々鳥の鳴き声が聞こえてくるだけだった。

「亡くなった黒沢美佐男さんのことをお聞きしたいし、世間でいわれている黒沢ファンドについても教えていただきたいのですよ」

と、十津川が、いった。

「黒沢家は、江戸時代から続く、いわゆる近江商人です」

と、秀之が、いう。

「どうして、最近になって、商売をやめてしまったんですか?」

「父の代の時、強盗が、家に入りました。おそらく、強盗は、私の家に大金が置いてあると思ったのでしょう。でも、そんなものは置いてありません。それで腹を立てて、父を殺しました。母は、大ケガをしました」

「犯人は、逮捕されたのですか?」

「ええ、逮捕されました。しかし、私たちは、父が亡くなったことで、この世の無常というのか、儚《はかな》さというものが、身にしみたのです。犯人も、刑務所の中で病死したと聞きました。そんなことがあって、いくらお金をたくさん持っていても、何の役に立つのかと、兄も私も、それに、母も、その思いに沈んでしまったのです。江戸時代から延々と続いてきた、近江商人ですから、たしかに、黒沢家は、かなりの資産を持っています。しかし、その資産のために、父は、殺され、母は、大ケガを負わされました。それで、商売を続けていくことが、空しくなってしまったんですよ」

「その商売をやめた時、どのくらいの財産があったんですか？」

「三百億円から五百億円の間と、いっておきましょう」

「それが、いわゆる黒沢ファンドになったわけですね？」

「ええ、母は、亡くなる時に、私たち兄弟に、いい残したのです。『今まで、商売のことばかり、考え続けてきたが、そんなことよりも、これからは、作られた財産を、世の中のために役立ててほしい。本当に困っていて、お金が必要な人がいたら、その人に、お金を貸してあげなさい』。そういって、母は、亡くなりました。私たち兄弟は、両親の遺志を継ごうと思いました。私には、家族がいるので、新しい仕事は、独身の兄が、やることになりました。兄は、東京に事務所を開いて、そこで、役所や銀行が、どうしても助けられない人たちを助ける仕事を始めたのです」

「ご家族や親戚は、反対したんじゃありませんか？」

「もちろん、猛反対されました。もっとお金を大事にしろ。近江商人であることを、忘れるな。ボランティアで、大事な金を、動かしたりするな。ほかにも、いろいろと意見されたり、怒られもしましたよ」

「助けを求めてくる人は、たくさんいたんですか？」

「別に広告を出したわけじゃありませんが、それでも、兄のところに、連日のように、助けてくれという声がありました。本当に困って、助けを求めてくる人もいますが、中には、いい加減な人もいました。例えば、競馬で五百万円をスッてしまったので、何とか、五百万円貸してくれといったり、ベンチャービジネスを立ち上げるので、資金を貸してくれという人がいたのですが、話を聞いてみると、その計画が、あまりにも杜撰《ずさん》でした。どう見ても、失敗するに決まっています。そういう人間には、資金を用立てることはできません」

「お金を貸すか、貸さないか、それを決めていたのは、お兄さんの美佐男さんだったのですか？」

「そうです。弟の私がいうのも変ですが、兄は頭脳明晰《めいせき》で、経済のことにも、詳しかったのですが、唯一の欠点は、優しさでした。家族、友だちは、それが心配でした」

「黒沢ファンドには、三百億から五百億円の資産があったということですが、そんな大金を動かすのに、美佐男さん一人では、手が回らなかったのでは、ありませんか？　昔からの協力者がいたのですか？　それとも、事務所を作って、何人か雇っていたのですか？」

「事務所には、兄が信頼する、アシスタントの女性が、一人いました。小山敏子《こやまとしこ》という女性です」

「それは、どういう女性ですか？」

「簡単にいえば、兄の恋人です。現在、たしか三十歳だったと、思います。全てに冷静な女性で、兄が持っている弱さを、彼女は、持っていません。ですから、兄とのコンビは、私から見ると、最上のものに見えました」

「私たちは、美佐男さんの事件を、調べているのですが、小山敏子という名前が、捜査線上に浮かんだことは、全くありません。ぜひ会いたいので、今、どこにいるか教えてください」

「それが、兄が殺されたあと、急に、どこかに姿を消してしまって、連絡が取れなくなってしまったのです。今も、小山敏子さんの行方は、全く分かりません。何とか探し出して、兄のことをいろいろと、聞きたいのですが」

「小山敏子さんのことを、もう少し伺いたいのですが、経歴は分かりますか？　写真があれば、見せていただきたいのですが」

「後で、もう一度、私の家に寄ってください。小山敏子さんの写真もありますし、経歴も分かると思います」

「もう一つ、美佐男さんが、殺された後、黒沢ファンドの事務所があるというので、必死に探したのですが、見つかりませんでした。その途中で、新宿の、雑居ビルの中に、事務所があったらしいという情報が入って、調べてみたのですが、空き部屋になっていました。調べてみると、たしかに、黒沢ファンドの事務所があったと分かりましたが、そこにあったはずの書類とか、パソコンなどは、全く見つかりませんでした。たぶん、美佐男さんを殺した犯人が、全て持ち去ったのだと思います。美佐男さんが、困っている人たちに融資をした。その時の書類は、控えでも結構ですが、弟のあなたが、持っていませんか？」

「あるかもしれません。それも、家に帰ってから、探してみましょう」

秀之は、いってくれた。

2

一時間半ほどかけて、ゆっくりと水郷めぐりを終えると、もとの乗船場で舟を降りて、十津川たちは、市内の黒沢家に戻った。

そこで、小山敏子という女性の写真と経歴を、秀之から見せてもらった。

そのあとしばらくして、秀之が、小さな段ボールに入ったものを、十津川に、渡した。

兄弟の間で交わされた手紙とか、東京の事務所で、黒沢美佐男が、資金の融資相手と交わした借用書の控え、他には、手紙、写真などが詰まった段ボールである。

「兄の美佐男は、弟の私に、迷惑を、かけないように、全て東京の事務所でさばいていましたが、たぶん、自分の身に、何かがあることを、予感していたんじゃないかと思うんですよ。ある日突然、こうしたものをドッと送ってきたのですよ。その後すぐ、兄は、亡くなりました」

「東京の事務所が融資を断ったりした時、こちらに、頼みには来ませんでした?」

「兄が、東京で事務所を開いたあとでも、ずいぶんと、こちらに話がありましたよ。東京の事務所のほうでは、らちがあかないとかで、こちらにも、何とかしてくれという、電話や手紙が、たくさん来ましたが、そんな問い合わせの手紙や電話などには、根気よく、黒沢ファンドに関することは全て、東京の事務所の兄に、任せている、だから、向こうで話をしてくださいと、いい続けました。ですから、最近は、私のほうに、そうした要求は、ほとんど来なくなりました」

十津川と亀井は、その段ボールを抱えて、東京に戻った。

近江八幡ではいろいろと分かったが、それを捜査に役立てるのは、十津川をはじめとする刑事たちの責任だった。

十津川は、二つの指示を、部下の刑事たちに与えた。

一つは、小山敏子という、黒沢美佐男のアシスタントを、やっていたという女のことである。

十津川は、預かってきた、小山敏子の顔写真をコピーして、刑事たちに渡した。

「この写真の女が、殺された黒沢美佐男の事務所で、アシスタントをやっていたそうだ。優秀な女性らしいが、美佐男の弟、秀之は、兄が殺された直後から、彼女と連絡が取れなくなって、今も行方不明のままだと、話してくれた。もし、彼女が見つかれば、捜査に、大いに役立つ筈だ。あるいは、黒沢美佐男を殺した犯人を、見ている可能性もある」

「それでは、犯人にとっても、彼女が危険な存在ということになりませんか？」

西本刑事が、きくと、十津川は頷いて、

「だから、犯人がすでに、この小山敏子を殺してしまっているか、どこかに監禁しているか、あるいは、小山敏子自身が、危険を感じて、どこかに身を隠しているか、そのいずれかだろうと、思っている。とにかく、小山敏子が生きているなら、一刻も早く、彼女を探し出したいんだ」

もう一つは、預かってきた、段ボールの中身である。弟の黒沢秀之は、兄が死を予感して、突然、送ってきたものだといっていた。

その中には、黒沢美佐男から融資を受けた個人、あるいは、グループの名前が記された、借用書の控えなどが入っている。

そこで、十津川は、刑事たちに、段ボールの中身に、目を通して、一目で分かるように整理して、捜査に役立ちそうなものは、その旨を書いて、別にしておくように、指示した。

そのあと十津川は、亀井と二人で、小山敏子の写真を持って、もう一度、事件の関係者を訪ねてみることにした。

3

最初に足を運んだのは、都内の、Tホテルである。

四月九日、このホテルで、黒沢美佐男は、死体となって発見された。

黒沢は、このTホテルの三〇二一号室に宿泊していた。部屋は、シングルルームではなくて、ツインルームである。だから、後から、アシスタントの小山敏子に、部屋に来るように、いっていたのかもしれない。

そこで、十津川たちは、ホテルのフロント係や、ルームサービスの担当者に会って、改めて、話を聞くことにした。

まずルームサービスの女性に会った。彼女によれば、午後十時前、三〇二一号室からワインを注文された。それで、十一時に、ロゼワインのボトルとグラスを二個、持っていった。

前に、同じ話を聞いた時には、グラスが二個ということで、犯人と飲むつもりだったのだろうと、十津川は、考えてしまった。犯人は、心を許した人間なのだろう。何しろ、夜の十一時に、ワインとグラス二個を、持ってこさせているからである。

しかし、今度は、少しばかり違った形で、ルームサービスの女性の話を聞いた。

一緒に、ワインを飲もうとした相手は、犯人ではなくて、アシスタントの小山敏子ではないのか？

もちろん、小山敏子が、犯人である可能性もある。

ルームサービスの女性に、小山敏子の顔写真を見せて、この女性を、見なかったかどうかをきいた。

黒沢美佐男は、四月七日に、Tホテルにチェックインし、四月十日にチェックアウトする予定だったが、四月九日に、殺されてしまった。四月七日、八日、九日、この三日間、Tホテルに泊まっていたのである。

だから、彼の周辺で、小山敏子が、目撃されていた可能性がある。

そこで、フロント係にも、小山敏子の写真を見せて、この女性を、見なかったかどうかをきいてみた。

フロント係は、四月七日に、黒沢美佐男は、一人で、チェックインの手続きをしたという。

ルームサービスも、同じだった。夜の十一時にワインを持っていった時、部屋の中には、倒れていた黒沢美佐男しかいなかったという。

前の時は、それで、頷いてしまうのだが、今度は、少し違って考えた。その時、小山敏子は、部屋にいたのかもしれないのだ。

「いいですか、よく、思い出してください。あなたが、ワインを持って、夜の十一時に部屋に行った時、部屋に、この写真の女性がいたことは考えられませんか？」

十津川が、きいた。

「私が見た限り、部屋には、女性の方は、いらっしゃいませんでした」

ルームサービスの女性が、いう。

「部屋の、どこかに、女性が隠れていた可能性はあるんじゃありませんか？　例えば、バスルームとかですが」

と、いった後で、十津川は、続けて、

「ここは、ツインルームだから、バスローブも当然、二着完備されているわけですね？」

「ええ、そうですが」

「バスローブは、どこに置かれていたのですか？」

「部屋のクローゼットに置いてありますけど」

「あなたがワインを運んでいった時も、バスローブは、クローゼットに入っていましたか？　よく思い出してください」

十津川が、いうと、ルームサービスの女性は、部屋の中を見回していたが、

「そういえば」

と、小声で、いった。

「白いバスローブの一つは、ソファの上に置いてありました」

と、いう。

「ソファの向こうは、バスルームですよね？」

「そうですが、お湯の音は、していませんでした」

と、ルームサービスの女性が、いった。

しかし、その時、バスルームに、小山敏子が入っていたとすれば、ルームサービスが来たので、お湯もシャワーも止めて、バスルームの中で、じっとしていたかもしれない。

「時間的に見ると、その前に、犯人がやって来て、黒沢美佐男を、殺したことになりますが、その時、もし、部屋に、小山敏子がいたら、どうなったでしょうか？」

と、亀井が、いった。

「部屋には、黒沢美佐男の死体しかなかったし、ほかに、女性の死体は、なかったんだから、犯人が、現れる前に帰ったか、あるいは、どこかに隠れていて、そっと、姿を消したのかもしれない。あるいは、犯人に見つかって、連れていかれたのかもしれない」

4

翌日は、富士の樹海の入口にある案内事務所と、展望台の店に行き、そのあとで、箱根の別荘に向かった。

案内事務所の牧田所長は、十津川たちを、覚えていた。

十津川は、ここでも、小山敏子の写真を、相手に見せた。

「黒沢美佐男さんが、樹海の中に、若い女性を探して歩き回っていた頃、この女性が、彼のそばにいませんでしたか？」

十津川が、きくと、

「黒沢さんが来られた時は、お一人で、写真の女性は、いませんでしたよ」

と、牧田は、いう。

「この事務所の前には、広い、駐車場がありますね？　こちらに来た時、黒沢さんは、駐車場に、車を停めていたんじゃありませんか？　車の運転席に、写真の女性がいた。そういうことは、ありませんか？」

「たしか、あの時、黒沢さんは、レンタカーを借りていたんじゃありませんかね」

「黒沢さんが、その、レンタカーを一人で運転して、こちらに来たということでしょうか？」

「いや、それは、分かりません。そこまで、見ていたわけじゃありませんから」

牧田が、笑った。

そのレンタカーを運転していたのは、小山敏子である可能性もないとはいえないのだ。

次は、樹海を見下ろす展望台である。

展望台兼土産物店をやっている夫婦にも、小山敏子の写真を見せてきいたが、夫婦とも、ここに来た時、黒沢美佐男は一人で、女の姿は、見なかったという。

「ここに来るには、車が、必要ですよね？」

「ええ、もちろん、中には、徒歩で来る人もいますけど、坂がきついですから、ほとんどの方が、車で、いらっしゃいます」

「車は、店の前にある駐車場に停めるわけですね？」

「ええ」

「その車の中に、若い女性が、いたかもしれませんね？」

「たしかに、そうですけど、私たちは、見ていませんよ」

相手は、素っ気なく、いった。

黒沢美佐男は、芦ノ湖畔で、別荘を売ったり、買ったりしている。あの場所も、車なしで行くのは、かなり難しい。

そこで、十津川たちは、これらの周辺で、レンタカーの営業所を探した。

レンタカーの営業所は、箱根湯本近くにもあったし、富士の樹海にほど近いＪＲ富士宮駅のそばにもあった。

そこで、車を借りた人たちのリストを、見せてもらった。

十津川の予想は、当たった。

箱根湯本にある営業所で見せてもらったリストに、黒沢美佐男の名前を、見つけることはできなかったが、その代わり、小山敏子の名前を発見した。彼女の名前で車を借りていたのである。

十津川と亀井は、強羅にある、観光協会の浅野会長に会った。依然として、箱根バイパスの件で、アメリカ人のバイパスの代表者と話がつかず、モメているという。

「黒沢美佐男さんと、お会いになった時ですが」

と、十津川が切り出すと、浅野は、

「黒沢さんが生きていたら、きっと、資金を融資してくれて、われわれは、あのバイパスを買うことができたでしょうに、残念でなりません」

「黒沢さんですが、この女性と一緒に来ませんでしたか？」

と、十津川は、小山敏子の写真を、浅野に見せてから、

「その時、黒沢さんは、湯本で借りたレンタカーに乗って、こちらに来たと思うのですよ」

「私は、てっきり箱根登山鉄道で、いらっしゃったとばかり思っていたのですが、そうですか、レンタカーを、借りていらっしゃったのですか」

浅野は、一瞬、間を置いて、

「そういえば、たしかに、黒沢さんは、富士の樹海に車で行ってみると、おっしゃっていましたね」

「レンタカーの営業所で借りたのは、トヨタのハイブリッドカーで、色は白です。その車があったことは、覚えていらっしゃいませんか？」

「それが大事なのですか？」

「そうです。大事です」

十津川が、いうと、浅野会長は、ほかの人たちに、聞いて回ってくれた。

すると、その一人が、たしかに、白いトヨタのハイブリッドカーを見たと、いった。観光協会の若い職員の一人である。

「しかし、あのレンタカーは、黒沢さんが借りたものではないかも知れませんよ」

という。

「どうしてですか？」

「だって、あの車には、若い女性が乗っていましたから」

と、職員が、いった。

「もしかすると、この女性では、ありませんか？」

十津川が、その若い職員にも、小山敏子の写真を見せた。

職員は、ニッコリして、

「ええ、そうですよ。この女性です。間違いありません」

と、いった。

その言葉を聞いて、今度は、十津川が、ニッコリする番だった。

(これで少し、パズルが解けてきた)

と思った。

十津川が、最後に会ったのは、黒沢美佐男や、黒沢ファンドのことを調べている、小西信行だった。ようやく、居場所が、分かったのだ。

十津川は、小西にも、小山敏子の写真を見せた。

「黒沢美佐男の事務所に、この女性がアシスタントとして勤めていたというのですが、小西さんは、彼女を見たことがありますか？」

十津川が、きくと、小西は、

「どちらで、この写真を手に入れられたのですか？」

と、逆に、きく。

「どうなんですか？　彼女は、殺された黒沢美佐男のアシスタントをやっていたんじゃありませんか？」

「そうですが、黒沢美佐男という男は、妙に潔癖《けっぺき》なところがありましてね。彼女と一緒に、マンションには住まないし、旅行を一緒にしたりするようなことも、あまりなかったんですよ。仕事の時も、なるべく彼女は、背後に隠して、黒沢が一人表に出て、相手と、折衝《せっしょう》していましたね。ですから、黒沢美佐男に、接触していた人でも、彼女の存在を知らない人が、多かったと思いますね」

「なぜ、最初に会った時に、彼女のことを話してくれなかったのですか？」

十津川が強い目で、小西をにらむと、小西は、小さく肩をすくめて、

「彼女の生死が、はっきりしていなかったからですよ。黒沢美佐男と同じように、殺されてしまったのか、誘拐されてしまったのか、あるいは、自分も殺されると思って、姿を消

してしまったのか、それが、全く分からなかったので、しばらくは、彼女のことは、話さないほうがいいかなと思って、黙っていたんですよ」

「彼女の消息《しょうそく》は、全くつかめないのですか？」

「つかめません。刑事さんたちは、彼女のことを知ったわけだから、一刻も早く、彼女を見つけ出してほしいと思っています。彼女が、見つかれば、今回の事件について、解決の糸口になると、思っていますからね」

「あなたは、小山敏子に、何回か、会っているんですか？」

「二回だけ、会っています」

「どこで会ったんですか？」

「黒沢美佐男は、墨田区両国のマンションに住んでいましたが、そこには、彼女を置いていませんでした。新宿の事務所に行っても、なかなか会うのが難しかったので、私は、黒沢美佐男を徹底的に、尾行《びこう》しましたよ。黒沢が、彼女に会うところを見つけて、彼女のほうを尾行して、話を聞いたりしたんです。でも、彼女、口が堅くて、黒沢美佐男のエピソードなんかは、絶対に話してくれませんでしたね」

「それでも、二回は会った？」

「そうです」

「二回会って、あなたは、何を、聞いたのですか？」

「ズバリいえば、黒沢美佐男のスキャンダルですよ。黒沢美佐男は、新宿に事務所を構えて、黒沢ファンドの、使い道を考えていました。どうしても、金が必要な相手には、担保《たんぽ》も取らずに、多額の資金を、貸したりして、まるで、慈善事業ですよ。優しく、立派な男だ、行動も立派だ、くらいのことは、いくらでも書けますが、それでは、面白いことは書けませんからね。それで、小山敏子に、黒沢美佐男の、欠点を聞いたのですよ。どんな人間にだって、欠点はありますからね」

「彼女は、どう答えたのですか？」

「いや、何も答えてくれませんでしたね」

「それでも、あなたは、雑誌に、黒沢美佐男の悪口を、いろいろと書いているじゃありませんか？」

亀井が、いい、十津川が、それに付け加えて、

「近江商人は、道徳的などといいながら、不正な手段で金を儲けたり、困っている人を、助けるどころか、踏み台にして、大金を集めた。そんなことを、延々と書いているじゃありませんか」

十津川がいうと、小西は、笑って、

「美談ばかりじゃ、面白い、読み物にはなりませんよ。美談の陰に、欠点がある。いいこともするが、悪いこともする。人を助けるが、人を傷つけても平気だ。そういう、人間的なところも書かなければ、読者にとって、少しも面白くありませんからね」

「それでは、黒沢美佐男の記事は、デタラメですか？」

「面白いところは、はっきりいって、ウソです」

「なるほど」

「しかし、小山敏子のことを、心配しているのは、本当ですよ。ウソじゃありません。黒沢美佐男が殺された直後に、彼女も、姿を消してしまって、全く消息がつかめないのです」

「それでは、彼女は今、どこで、何をしていると思っているんですか？」

十津川がきいた。

「さっきもいいましたが、生きているのか、死んでいるのかも、全く分からないのです。生きているとしても、犯人たちに監禁されているのかも知れないし、犯人から必死に逃げ回っているのかも知れません。私個人の力では、どうしようもありません。だから、警察に、探していただきたいのですよ。一刻も早く、彼女を探し出さないと、本当に、死んでしまうかも、知れませんよ。連中は、金づるの黒沢美佐男だって、平気で殺してしまったんですから」

「今、あなたは、連中といいましたね？　そうすると、犯人は、複数なんですか？」

「連中が、今までに、やったことを、考えてみてくださいよ。どれ一つを取っても、一人で、できるようなことじゃありません。彼らは、何とかして、黒沢一族を騙して、黒沢ファンドの大金を手に入れようとしているんですよ。そのために、黒沢美佐男の広告を、新聞に出したり、デマを飛ばしたり、そんなこと、一人で、できるはずがないじゃありませんか？　明らかに、複数の人間がやったことですよ」

と、小西は断定した。

「複数なら、小山敏子を、誘拐したとしても、監禁できますね。単独犯では、それは難しいですよ」

「私もね、小山敏子が生きていて、犯人たちに、どこかに監禁されていると思っているのです。犯人たちは、何とか、小山敏子を利用して、黒沢ファンドから、大金をせしめようと考えているに決まっています。少なくとも、それが、成功するまでは、小山敏子が、殺されることはないと、考えているのです」

「小山敏子について、われわれが、知らない、大事なことを知っていたら、教えてもらえませんか？」

「一つだけ、ありますがね。私も調べた成果として、黒沢一族の話とか、黒沢ファンドの話とか、それに、今回の事件について、まとめて本にしたいですからね。どうですか、ギブアンドテイクに、しませんか？」

「ギブアンドテイクって、どういうことですか？」

「私が、知っていることは、今、お話しします。その代わり、警察のつかんでいる情報は、全て教えてください。どうですか？　私の知っている、大事なことを、十津川さん、あなたに話しますよ」

小西信行が、いった。

「それでは、あなたのほうから、知っていることを話してください」

と、十津川が、いった。

「黒沢美佐男が殺される少し前に、彼と会って、話をしたんですよ」

「それで？」

「これは、私一人しか、知らないことだと思うので、できれば、警察も、このことは、内密にしておいてくれませんか？」

「承知しました。それでは、全て、包み隠さず、本当のことを話してください」

十津川が、いった。

「その時に、黒沢美佐男が、こういいました。『今、私は、しばらくの間、一つのことに、全力を尽くしたいと思っています。それは、箱根観光のことで、箱根バイパスが、アメリカ人によって、買い取られてしまったんです。これは、箱根を愛する人たちにとって、大問題ですよ。私は、箱根が、好きだから、アメリカ人の手から、箱根バイパスを、何とかして、取り戻したいと思っています。箱根は全て、日本人の手に、戻すべきなんですよ。今回のこの問題は、私が損をしても、構わないと、思っています。だから、あなたも、側面から、私の仕事を援助してください』。そういわれたんですよ。箱根バイパスを、アメリカ人が買い取ってしまい、ゴールデンウィークなどには、小田原方面から、箱根に上がっていくためには、混雑する道を、利用するしかありませんが、アメリカ人が手に入れた箱根バイパスは、便利で早く、箱根に上がれるのです。黒沢美佐男は、この話をした時、やたらにテンションが上がっていましたね」

「それは、黒沢美佐男が、本当に、箱根が、好きだからなんじゃありませんか？」

と、十津川が、いった。

小西信行は、その時、ニヤッと、笑った。

十津川は、それを見て、

「小西さんは、黒沢美佐男が、箱根バイパスを、アメリカ人から、買い戻すことに、力を入れているのは、箱根が好きだからとか、箱根は、日本人のものだからとかという以外に、何か理由があると、思っているんじゃありませんか？」

「分かりますか？」

「ええ、分かりますよ」

「しかし、この話だけは、しばらく、隠しておきたいのですよ」

「それは、女性のこと、もっとはっきりいえば、小山敏子のことがあるからでしょう？箱根バイパスの買収には、彼女が絡んでいる。違いますか？」

十津川は、どうだとばかり、相手を見すえたが、小西は、眉をひそめて、

「小山敏子が、関係しているかも知れません。仕事のことで、二人は、協力していましたから」

「違うんですか？」

「本当に、知らないんですか？」

と、逆に、きかれてしまった。

「てっきり、黒沢美佐男と、小山敏子の関係だと思ったんですがね」

「もっと、大事なことです」

「知りませんね。教えてください」

「黒沢美佐男は、黒沢ファンドを有意義に活用するために、東京に事務所を置きました。その時、黒沢ファンドの半分を、東京の銀行に移したんです」

「半分というと、二百億円ぐらいですか」

「そんなところでしょうね。それがどこの銀行に移したのか分からないのですよ。その上、大事な暗証番号も、黒沢美佐男と、小山敏子の二人しか知らないのです」

「四ケタの数字ですか」

「それも分かりません。数字とアルファベットの組み合わせかも知れないのです」

「それを知っている二人のうち、黒沢美佐男が死んだとなると、あと知っているのは、小山敏子一人ですね？」

「だから、小山敏子の生死を、心配していたんですよ」

と、小西は、いう。

「しかし、黒沢美佐男の弟が、近江八幡にいますから、弟は、知っているんじゃありませんか？」

「それが、その弟さんにも話さないうちに、黒沢美佐男は、殺されてしまったので、銀行名も、暗証番号のナンバーも、知らないのですよ」

「しかし、預金通帳は、どこかにある筈でしょう？　それはどこにあるんですか」

「それも、分からないんですよ。一番可能性があるのは、小山敏子だと思っているんですがね。その小山敏子が行方不明です」

「問題の銀行は、日本の銀行ですか？　それとも外国の銀行ですか？」

「それも分かりません。外資系かも知れません」

「税務署に聞けば、分かるんじゃありませんか？　法人税や消費税は、多分、銀行の預金からの引き落としでしょうから」

十津川がいうと、小西は手を横に振った。

「私も同じことを考えましたよ。しかし、黒沢家にかかる全ての支払いは、近江八幡の弟さんが、行っているんです」

「東京の事務所や、両国のマンションの部屋代は、黒沢美佐男が支払っていたんでしょう？」

「そうですが、黒沢美佐男は、どちらも、現金で支払っていましたから、銀行名も、暗証番号も分かりません」

「そうなると、二百億円の預金は、どうなるんですか？」

「今のところ、下ろせる人がいませんから、そのうちに銀行の収入になってしまうかも知れません。そんなことを考えると、日本の銀行ではなくて、外資系の銀行だと思いますね。

日本の銀行だったら、二百億もの預金のある人が死ねば、その家族に知らせると思いますから」

と、小西が、いった。

(二百億円か)

と、十津川は、心の中で呟《つぶや》いた。

(この金額なら、十分に、殺人の動機になる)

第七章　最後の配役

1

　捜査会議で、十津川は、現在、自分の頭の中にある一つの考えを、三上本部長に、説明することにした。

「今回の事件は、一見すると、複雑な事件のように見えます。しかし、見方を変えると、単純な事件に見えてくるのです」

「どういうことだ？」

「犯人の狙いは、黒沢ファンドのうち東京の銀行に移したといわれる二百億円の資金でした。そこで、犯人は、このファンドの番人の黒沢美佐男を騙して金を手に入れようとして、さまざまな方法を使ったのです。まず、M新聞の大きな広告、それからM新聞社と、われわれ警察に、何通もの投書が、送られてきました。それは、いわくありげで、一見犯人逮捕の役に立ちそうな内容でした。そのため、手紙が送られてくるたびに、われわれは、踊らされるように、聞き込みをやり、犯人を追って、駆けずり回りました。しかし、今になってよく考えてみると、広告も、何通もの投書も、一人か二人の、仕業《しわざ》としか思えないのです。そのうちに、何とか、黒沢ファンドの二百億円を、自分のものにしようとして、焦るあまり、黒沢美佐男を殺してしまい、黒沢ファンドの運用について、黒沢美佐男の下で働いていたアシスタント、小山敏子、三十歳を誘拐した疑いがあります。小山敏子は、黒沢ファンドのカギを開ける、暗証番号を知っているといわれていたからです。しかし、それもうまくは、行きませんでした」

「どうして、うまく行かなかったんだ？」

「黒沢ファンドのカギを開けるには、暗証番号と同時に、黒沢美佐男が生きている必要があるからです。そのため、今、犯人は途方に暮れているか、あるいは、うまく行かないことで、自分自身に対して、腹を立てているに違いありません。こちらが、うまく立ち回って、罠にはめることができれば、犯人を、逮捕できるはずだと、確信しています」

と、十津川が、いった。

「分かったが、具体的にどうやったら、犯人を、逮捕できると、思っているのかね？　君の考えを聞かせてくれたまえ」

三上本部長が、いった。

「私の考えをお話しする前に、本部長に、お願いがあります」

「何だね？」

「明日、記者会見を、開いていただきたいのです」

と、十津川が、いった。

「記者会見を、開くのはいいが、いったい、何を発表すればいいのかね？　今のところ、発表できるような材料は、何もないだろう。それとも、君のよく分からない、推理を話せば、いいのかね？　しかし、それでは、記者会見には、ならんだろう。記者会見といえば、普通は、容疑者が逮捕された時にやるもので、いまだに容疑者の名前すら、分かっていないじゃないか？　そんな状態で、果たして、記者会見を開けるのかね？」

三上が、きく。

「明日、本部長に、記者会見で、発表していただきたいのは、容疑者逮捕です」

「容疑者の逮捕？　容疑者が分かったのかね？」

「分かりました。容疑者は、人材派遣会社ＯＫジャパンの社長、木下由香です」

「しかし、木下由香に対する逮捕状なんか、出ておらんだろう？　それで逮捕できるのかね？」

「これから、部下の刑事二人を、ＯＫジャパンに行かせ、任意同行を求めて、木下社長をこちらに、連行します。その時点で、容疑者として、逮捕するつもりです。ですから、明日、必ず、記者会見を開いていただきます。よろしくお願いします」

十津川は、きっぱりと、いった。

すぐ、西本と日下の二人の刑事が、人材派遣会社ＯＫジャパンに、急行し、社長の木下由香に任意同行を求めて、捜査本部に連行してきた。

木下由香は、明らかに、自分に対する警察のやり方に、腹を立てていた。

「どうして、私が、容疑者なんですか？　私は、黒沢美佐男さんを、殺していませんよ。証拠があるのなら、見せてください。それがないのなら、すぐに、帰してくれるか、あるいは、ここに、弁護士を呼んでください」

と、十津川に、食ってかかった。

「あなたの容疑が濃いので、こうして、来ていただいたのですよ。これから、あなたの尋問に入ります」

十津川が、やわらかい口調でいった。

「それじゃあ、弁護士を呼んでください。弁護士の立会いの下ならば、尋問を受けますけど、そうでなければ、拒否させてもらいます」

「困りましたね。それでは、今日は、こちらに、泊まっていただくことになりますよ。一定の期間、あなたを、勾留《こうりゅう》することは、法律で認められていますから」

この日、十津川は、木下由香を、勾留してしまった。

2

翌日、記者会見が開かれ、三上本部長が、容疑者として、OKジャパンの社長、木下由香を逮捕したと、発表した。

集まった記者たちに、十津川が、逮捕に至った経緯を、説明した。

「容疑者、木下由香は、人材派遣会社OKジャパンを立ち上げました。その資金は、黒沢ファンドから、借りることにして、黒沢美佐男さんを、会長に、祭り上げました。しかし、黒沢美佐男さんは、OKジャパンの実情を知ると、会長を降りると伝えて、黒沢ファンドから資金を提供することも拒否したのです。何しろ、OKジャパンでは、人材派遣業に隠れて、裏で売春を斡旋しているのではという、ウワサが立っていて、社員の質も、最悪に見えたからです。黒沢ファンドから資金の提供を断られ、また、売春のウワサが立っては、当然のことながら、OKジャパンは、立ち行かなくなってしまいます。そこで、社長の木下由香は必死になって、黒沢美佐男さんに、融資を懇願し、何とか、都内のホテルに泊まっている、黒沢美佐男さんと会う約束を取りつけました。しかし、そこで、木下由香がいくら懇願しても、黒沢美佐男さんは、資金の提供を、約束してはくれませんでした。そのため、木下由香は、カッとして、用意してきた、青酸カリをワインに混ぜ、それを飲ませて、黒沢美佐男さんを殺してしまったのです。おそらく、殺してから、何かを奪い、それを使って、黒沢ファンドの資金を手に入れようとしたのだろうと、われわれは、考えています。例えば、黒沢美佐男さんの実印とか、身分証明書とか、そういったものを手に入れようとしたのです。あるいは、いくら懇願しても、いい返事をしてくれない黒沢美佐男さんに腹を立て、怒りにまかせて、毒殺してしまったのかもしれません。いずれにしても、犯人は、木下由香であることは、間違いなく、逮捕状を取って、彼女を逮捕しました。これで、今回の事件は、解決したものと、われわれは、考えております」

と、十津川が、いった。

当然、記者からの質問があった。最初にあったのは、

「それで、木下由香は、黒沢美佐男さんを殺したことを、自供したのですか?」

という質問だった。

「いや、今のところ、黒沢美佐男さんを殺したことに関しては、否定しています。しかし、事件当日、Tホテルで、黒沢美佐男さんと会ったことは、認めています。また、黒沢美佐男さんが会長を降り、黒沢ファンドからの、事業資金の提供も、断られたということも認めています。客観的に、この会社の経営状況を見ると、黒沢ファンドからの資金提供がなければ、今年中に倒産することは、はっきりしています。それで、社長の木下由香は、焦って、今回の殺人事件を、引き起こしたと、われわれは、考えております」

「木下由香が、犯行に使った青酸カリを、どうやって手に入れたのか、それは自供しているのですか？」

「それも、今のところは、自供していません。しかし、木下由香の友達に、大学の薬学部を卒業している人間がいて、その友達は、現在、ある大病院で、薬剤師として勤務しています。そこから青酸カリを手に入れることは、十分に可能です」

「今回の事件で、M新聞に、奇妙な広告が載ったり、M新聞社と警察に、何通もの手紙が来ていますが、それを書いたのも、容疑者の木下由香なんでしょうか？　彼女は、それを、認めていますか？」

と、ほかの記者が、きいた。

「問題の新聞広告と、手紙の件ですが、容疑者の木下由香とは、関係はないと、われわれは、見ています。あの広告や手紙の主は、おそらく、黒沢ファンドに、資金を提供してもらったり、あるいは、黒沢美佐男さんという人間を尊敬している人たちがいて、一刻も早く、犯人を捕まえてもらいたいと考えて、自分たちの、知っていることを新聞広告にしたり、新聞社や警察に情報提供をしていたのではないかと、思われます。ここに来て、それがやっと叶ったので、おそらく、彼らは喜んでいるでしょう。われわれ警察も、喜んでいます」

と、十津川は賞賛した。

3

その三日後、新聞各紙に、一面全部を使った、大きな広告が載った。

「兄、黒沢美佐男を、愛してくださった皆様方へ」

という大きなタイトルがあり、署名は、「黒沢秀之」になっていた。黒沢美佐男の弟である。

広告の内容は、こうなっていた。

「このたび、皆様のおかげと、警察のたゆまぬ捜査によって、兄、黒沢美佐男を殺した犯人がやっと逮捕され、事件は解決しました。

生前の兄は、善意の塊のような人でしたが、その反面、お節介なところもあり、行動が先走ってしまって、皆様方には、いろいろと、ご迷惑をおかけしたのではないかと、案じております。

幸い、兄を殺した犯人が、逮捕され、安心して、皆様方と兄のことを、お話しできるようになりました。

先日、兄の遺品を整理していた際に、一冊の手帳を、見つけて、中を読みましたところ、四つのことで、皆様方にご迷惑をおかけしていることが分かりました。

一、箱根バイパス買収の件。

二、富士の樹海で、皆様方のお世話になった件。

三、箱根の別荘を購入したものの、一日として、その別荘を使わず、周辺の皆様方にご迷惑をおかけした件。

四、人材派遣会社ＯＫジャパンの会長をやりながら、肝心の社長の悪巧みを、見抜けず、会社を倒産の危機にさらした件。

この四件以外についても、兄が、たぶん、ご迷惑をおかけしていたものと思いますが、私には、よく分かりません。

そこで、取りあえず、今回は、この四件について、よく事情がお分かりの方、あるいは、当事者の方、お一人だけで、×月×日午後一時に、私が、泊まっております都内のホテルＫの十階にあります小会議室に来ていただき、そこで、詳しいお話をお聞きしたいと思っております。

もし、兄がご迷惑をおかけしていたのであれば、その点をお詫びするとともに、お金で済むことでしたら、補償させていただきたいと思っております。

何卒よろしくお願いいたします。

黒沢秀之」

この大きな広告が、新聞に掲載されたのである。

4

その日の午後一時きっかりに、ホテルKの小会議室に、三人の男と一人の女性が、呼びかけに応じて集まった。

黒沢秀之は、若い女性秘書を連れて、四人を迎えた。

「皆様方とは、今日、初めてお会いするので、できれば、お一人ずつ、自己紹介していただいてから、兄とは、いったい、どんなご関係だったのか、兄がどんなご迷惑をおかけしたのかを話していただきたいと思います」

と、秀之が、いった。

最初は、箱根バイパスの買収について、黒沢美佐男と何回か話し合ったことがあるという、篠田孝明《しのだたかあき》という四十代の男だった。

まず、篠田は、名刺を取り出して、秀之に渡した。

事務所の住所は、小田原市内のマンションになっていた。

「私は、現在、強羅の観光協会の浅野会長からも、ぜひ、箱根バイパスを、日本人の手に取り戻してほしいと、頼まれております。そこで、私は、現在の持ち主である、US箱根の社長、N・ヘンリー氏と、現在までに数回にわたって、交渉を重ねてまいりました。ヘンリー氏は、こちらサイドに、黒沢ファンドの黒沢美佐男さんが、いるのを知って、今までの金額よりも、高額でなら、手放してもいいといっております。黒沢美佐男さんは、『それでも買い取って、箱根バイパスを日本人の手に取り戻して、観光を、盛んにしたい』と、そうおっしゃっておられたのですが、黒沢さんが、急に亡くなってしまい、現在交渉が中断しております」

と、篠田が、いった。

「兄の手帳を見ますと、たしかに、今、篠田さんが、おっしゃった、観光協会の浅野会長の名前が、書かれておりました。兄は、箱根バイパスをアメリカ人の、経営者から買い取るつもりだったと思いますので、私も喜んで、力をお貸しするつもりでおります」

二人目は、富士の樹海について、亡くなった黒沢美佐男と、何回か会って、いろいろと話し合ったという、近藤麻美《こんどうあさみ》という三十歳の女性だった。

彼女は今、新宿西口の雑居ビルに事務所のある、「富士の樹海研究会」の会長をやっているという。

「坂井美弥さんという十代の女性が自殺を決意して、富士の樹海に入ってしまったことがあって、亡くなった黒沢美佐男さんが、まさに命懸けで、二回にわたって助けようとされたことは、ウチの研究会の会員であれば、誰もが、知っております。残念ながら、その女性を助けることはできませんでしたけど、黒沢美佐男さんの勇敢さと愛情の深さには、私も、ただただ感動しております。しかし、どんな理由があろうと、富士の樹海に入っていくのは大変危険ですし、黒沢美佐男さんも、望んでいらっしゃったことではございません。そこで、私は、この件で黒沢美佐男さんと、何回もお会いして、いろいろとお話をいたしました。『富士の樹海を自殺の名所のようにはしたくない。二度と、坂井美弥さんのような、自殺者を出したくない』、そう黒沢美佐男さんがおっしゃったので、私は、いくつか提案をさせていただきました。樹海の入口のところに、現在、案内事務所がありますが、それをもう少し充実したものにして、現在はボランティアでやっているガイドの方を、しかるべき組織を作って、雇うようにしたい。また、黒沢美佐男さんが、若い女性を命懸けで助けようとした話を、記念碑にして、樹海の入口に建てたい。これも、黒沢美佐男さんの同意を得ておりましたが、今回の事件で、できなくなってしまったのが、残念でたまりません。それから、私たちは、富士の樹海研究会でございますが、日本には、富士の樹海と同じように、自殺の名所と称されるものが、何ヵ所かございます。そこで、そうしたところでも、絶対に自殺者を出さないような設備なり、あるいは、自殺志願者を思い止まらせるための運動なりを行っていきたいと思っております」

と、近藤麻美が、いった。

5

三人目は、箱根の、別荘の件だった。

小寺新太郎《こでらしんたろう》という四人の中では、いちばんの年長者で、箱根一帯の不動産を扱っている箱根不動産という会社の、社長の肩書が入った名刺を、黒沢秀之に渡した。

小寺は、黒沢秀之に向かって、こんな話をした。

「私どもが開発した箱根に、亡くなった黒沢美佐男さんは、別荘をお持ちでしたが、ほとんど箱根には、いらっしゃらないし、お使いにもならないので、現在、その別荘は荒れ果てて、まるで幽霊屋敷のようになってしまっています。そのため、周辺の別荘の価値が、ここに来て、急落しております。その件について、黒沢美佐男さんに、何度かお話をしてきましたが、黒沢さんは、私に、『一時の衝動で、箱根に別荘を買ってしまったが、私は元々、別荘などを持つような人間ではない。私の気まぐれで、申し訳ないことになっているようなので、箱根不動産さんに、あの別荘を無償でお譲りしたい』と、おっしゃったのです。手に入りましたら、あの別荘はいかにも日本的な造りになっていますので、きれいにすれば、外国の方で、欲しいとおっしゃる方が、何人も出てくるだろうと考えております。その点を、考慮していただきたいと、思っております。それを申し上げたくて、今日、こちらに参りました」

6

最後の四人目は、園田雄介《そのだゆうすけ》という、若い男だった。

「私は、いくつか、ベンチャー企業を持っていて、人材派遣会社にも、以前から、興味を持っていました。ＯＫジャパンの会長をやっていた黒沢美佐男さんから、ご連絡をいただき、『どうも、ウチの会社はうまく行っていないので、できれば、あなたに、買い取ってもらえないだろうか？』と、いわれました。ところが、今回、そのＯＫジャパンの社長が、黒沢美佐男さんを殺した犯人として、警察に逮捕されてしまいました。私としては、すでに会長だった黒沢美佐男さんから、会社を買い取っていますし、黒沢美佐男さんとの約束があるので、何とかして、ＯＫジャパンを再生したいという気持ちはあるのですが、それには、かなりの金額が必要となりますので、できれば、黒沢ファンドからの、融資をお願いしたいのです」

と、いった。

7

すでに二時間が経過したが、集まった四人の男女と、黒沢秀之との話し合いは、まだ始まっていなかった。

箱根バイパスの買収のことで、やって来た篠田孝明も、OKジャパンの再生について、話し合いたいといっていた園田雄介も、明らかに苛立っていた。

箱根不動産の社長、小寺新太郎が、黒沢秀之に向かって、

「これは、いったい、どういうことなんでしょうかね？　亡くなった、あなたのお兄さん、黒沢美佐男さんは私と、問題の別荘について何回も話し合って、ウチの会社に、無償で譲りたいと、いっていたんですよ。今日、もっと、具体的に話が進むと思って、ここに来たのですが、どうして、話し合いに応じてくれないのですか？　たしか、あなたは、新聞の広告に、『もし、兄がご迷惑をおかけしていたのであれば、補償させていただきたい』と、書いていましたよね？　しかし、このままでは、あなたに、その意思が、ないとしか思えませんが、どうなんですか？　もし、このまま話が進まないのでしたら、私は、帰らせて

いただきますよ」

怒ったような口調で、いった。

「申し訳ありませんが、もう少し、お待ちいただけませんか？」

と、秀之は、いい、女性秘書に向かって、

「どうなの？　少しは、話が、進展しているの？」

と、きいた。

どこかに、携帯電話をかけていた、女性秘書は、笑顔になって、

「今、大切なメモを、このホテルにファックスで、送ったというので、それを持ってまいります」

と、部屋を出ていった。
五、六分すると、ホテルの事務所から、ファックスされたメモを持って、女性秘書が、戻ってきた。
「お待たせして、申し訳ありません。やっと、皆さんとのお話し合いの、参考資料になるファックスが届きました」

女性秘書が、四人の男女に向かって、声をかけ、そのファックスを、黒沢秀之に、手渡した。

黒沢秀之は、ファックスに、真剣な表情で、目を通していたが、まず初めに、箱根バイパスの買収問題で来たという篠田孝明に向かって、

「篠田さんは、観光協会の浅野会長や、US箱根のヘンリー社長とも、話し合っていると、そういわれましたね？　小田原に事務所があるとも、いわれましたよね？」

と、いった。

「ええ、その通りですが」

「たしかに、あなたのくださった名刺には、事務所の住所や電話番号が書かれています。しかし、今、こちらで、調べたところ、その番地には、あなたのいう事務所など、存在していないのですよ。そこにあるのは、中古のマンションで、あなたは、その中古のマンションの2DKの部屋を借りて、住んでいるだけではありませんか？　それに、観光協会の浅野会長とも、会ったことはないんじゃありませんか？　こちらで問い合わせたところ、浅野会長は『篠田孝明などという人間は知らない。一度も会ったことがない』と、おっしゃったそうですよ」

と、秀之が、決めつけた。

8

「次は、近藤麻美さん、名刺には、富士の樹海研究会とあります。たしかに、この研究会は実在していますが、あなたは、この研究会に所属していませんし、そもそも、あなたの本名は、近藤麻美さんでは、ありませんね？　本田晶子《ほんだあきこ》さん、これが、あなたの本名なんじゃありませんか？　それに、警察に頼んで、調べてもらったところ、あなたには、どうやら、詐欺の前科があるようですね？」

と、いい、次に、黒沢秀之は、小寺新太郎に向かって、

「箱根不動産の社長さん、小寺新太郎さんでしたね？　たしかに、箱根不動産という会社はありますが、あなたの名刺にある住所や電話番号とは、全く違っていますよ。第一、あなたの本当の住所は、世田谷区内のマンションの一室、五〇二号室で、そこを借りて住んでいるんじゃありませんか？　それが、どうして、箱根不動産の社長さんなんですか？　何かおかしいですね」

秀之は、部屋を出ていこうとする園田雄介に向かって、

「園田雄介さん、ちょっと、待ってください。あなたは、どうして、ベンチャー企業をい

くつも持っているなどと、すぐにバレるような、ウソをついたんですか？　あなたのことも、いろいろと、調べさせてもらいましたよ。そうしたら、あなたは、人材派遣会社ＯＫジャパンの社員だったことがあるそうじゃありませんか？　ＯＫジャパンとは、たったそれだけの繋がりなんじゃありませんか？」

「弁護士を呼んでくれ」

篠田孝明が、大声で、いった。

本田晶子が、慌てた様子で部屋を出ていこうとするのを、黒沢秀之の女性秘書が、立ちふさがって、相手の鼻先に、警察手帳を突きつけた。

「四人とも、ここから、逃げることは許しませんよ」

「逮捕するのか？」

園田が、女性秘書を装っていた北条早苗刑事を、にらんだ。

「今は、逮捕はしませんよ。ですが、あなたのボスを、ここに呼んで話を聞きたい。ボスの名前をいってください」

と、北条早苗が、いう。

「佐伯《さえき》弁護士だ」

と、小寺新太郎が、いった。

「その佐伯という弁護士が、皆さん全員のボスなんじゃありませんか？　皆さんは、そのボスに命令されて、今日、ここに集まったんじゃないんですか？」

と、北条早苗が、いった。

その言葉に、四人とも黙って、下を向いてしまった。

黒沢秀之が、自分の携帯を、篠田孝明に渡して、

「弁護士でも、別の人間でも、構いませんから、とにかく、ここに呼んでもらえませんか？　その人間と、はっきりした、話をしたいですから」

9

一時間ほどすると、三人の男女が、姿を見せた。四人のボスの佐伯弁護士、黒沢美佐男のアシスタントをやっていた小山敏子、そして、黒沢ファンドや、黒沢美佐男について調べ、記事を書いている小西信行、この三人である。

佐伯弁護士は、部屋に入ってくるなり、黒沢秀之に向かって、

「そこにいる四人は、もう、帰してやってくれませんかね？　私が金で雇った、頭の悪い連中だから、もうここにいたって、仕方がないんですよ。だから、もう解放してやってく

れませんかね？　その代わり、私たち三人が、亡くなった黒沢美佐男さんについて、話し合いますよ」

と、いった。

四人の男女が、そそくさと、部屋を出ていくと、入れ替わりに、十津川と亀井が、入ってきた。

それを見て、佐伯弁護士は、

「やっぱり、こんなことでしたか。誰かが、裏で操っているんじゃないかとは思っていたんですけどね。やっぱり、そうだったんですか」

と、いった後で、秀之に対して、

「あんたは、新聞に、あんな大きな広告を載せて『兄がご迷惑をかけた人がいたら、補償させていただきたい』と、書きましたね？　ですから、われわれが、どんなに、亡くなったお兄さんから、迷惑をかけられたのか、これからそれを、話しますよ。ぜひ、黒沢ファンドで、補償をしていただきたいですね」

と、いった。

十津川と亀井は、佐伯弁護士、小西信行、そして、小山敏子の三人と向かい合って、腰を下ろした。

十津川は、佐伯弁護士のことを、昔からよく知っていた。佐伯は、実力のある弁護士として有名だったが、ここに来て、病院の経営に絡んで、不祥事を起こした。税金逃れの方法を、病院の院長に教えたことで、弁護士資格を剝奪《はくだつ》されたと、十津川は、聞いていた。

十津川は、黒沢美佐男に関する奇妙な広告に始まり、全部で、五通の手紙が、M新聞社と警察に届けられたことについて、一人か、二人の人間が、黒沢ファンドと呼ばれる二百億円の金を手に入れようとして、動いているのだと考えていたが、やはり、全てを牛耳っていたのは、この佐伯という弁護士だったことが分かった。

それに、黒沢ファンドや黒沢美佐男のことを調べて、記事を書いている小西信行が、いろいろと手助けしていたに、違いない。

更に、黒沢美佐男のアシスタント、小山敏子である。

十津川は、小山敏子と佐伯弁護士の顔を見比べるようにして、

「なるほど。黒沢美佐男さんを、簡単に殺した理由が、やっと、分かりましたよ。黒沢ファンドのカギを開ける暗証番号を、小山敏子さんが知っていた。だから、黒沢美佐男さんを、殺しても大丈夫だと思って、殺したんですね？　ところが、セーフティ機能が働いた。黒沢美佐男さんが亡くなると同時に、暗証番号が変わるようにできていたんですよ。だから、あなた方は、黒沢美佐男さんを殺しても、黒沢ファンドを、手に入れることができな

かったんです」

「ちょっと待ちなさい」

と、佐伯弁護士が、十津川をにらんだ。

「何ですか？」

「黒沢美佐男を殺したのは、ＯＫジャパンの社長、木下由香じゃないのかね？　すでに彼女を容疑者として、逮捕しているんじゃないのかね？」

佐伯弁護士の言葉に対して、十津川が、微笑した。途端に、小西信行の表情が、変わった。

「佐伯さん、もう諦めようよ。俺たちは、騙されたんだよ」

「騙された？」

「そうだよ。警察は、黒沢美佐男殺しの容疑者として、ＯＫジャパンの社長、木下由香を逮捕した。記者会見を開いて、そう発表した。犯人が逮捕されて、事件が解決すれば、事件の関係者は、安心して、名乗り出てくる。あんた自身が、そうじゃないか？　俺のことは、すでに、警察に知られていたが、あんたのことは、今の今まで、警察は知らなかったんだ」

「まさか、私たちを、おびき出すために、記者会見を開いて、殺人事件の容疑者を逮捕したと、発表したんじゃないでしょうね？　そんなあくどいことを、警察がやるはずはない。そうでしょう？」

佐伯弁護士が、十津川の顔を見て、いった。

「あくどいですか？」

と、十津川が、笑った。

「私たち三人は、何とかして、黒沢ファンドの資金を手に入れようとした。それは、認めますよ。そのために、M新聞に、大きな広告を載せたり、新聞社に二通、警察に三通、手紙を書いたんですよ。しかし、それは全て、黒沢ファンドに、魅力があったからでね。それに、ここに契約書を持ってきました。私たちが、黒沢美佐男さんとの間で、交わした契約書です」

佐伯弁護士が、四通の契約書を、十津川の前に置いた。

「このうちの二通の契約書の中で、黒沢美佐男さんは、使う必要のなくなった箱根の別荘を、無償でわれわれに、譲るという契約と、箱根バイパスの買収について、金額も、いつ、買収するかとか、そういうことを全て、弁護士である私に任せるという契約書に、ちゃんと、サインしているんですよ。

三通目は、黒沢美佐男さんの持論を、そのまま、契約にしたものです。彼は、日頃から、日本に自殺者が多いことを、なげいておられた。そこで、私の方から提案したのですよ。これを全国的な運動にするのが、最善だと。それに黒沢美佐男さんが共感されて、代表者を、小山敏子さんにすること、黒沢ファンドから、毎年三千万円の資金が提供されること、三千万円というのは、毎年三万人の人間が、日本では自殺しているからです。この二点の契約書です。四通目は、人材派遣会社に関するものです。黒沢美佐男さんは、OKジャパンの会長をやられていたが、いろいろと、問題があって、会長をやめてしまわれた。しかし、人材派遣会社の必要性は、わかっておられましてね。私に、OKジャパンを買収し、新しい考えで運営して欲しいと、頼まれたんです。契約書は、OKジャパン買収の契約書で、金額と、新しい代表者として、小西信行の名前があり、OKジャパンの代表者が署名捺印すればいいようになっています。もちろん、その買収費用は、亡くなった黒沢美佐男さんの希望にそって、黒沢ファンドから出していただきます。

この四通は、間違いなく、われわれと黒沢美佐男さんとの合意の上で作成したものです。これを見ても、われわれの目的が、黒沢美佐男さんの意思の実現であって、殺人などとは、全く無縁のものであることが分かるでしょう？　もちろん、私たちは、黒沢美佐男さんを殺してもいない。今日は、この場で、この契約書を実行に移すという弟さんの確約をもらえば、すぐ、退散するつもりですよ」

佐伯弁護士が熱弁をふるった。

佐伯弁護士は、四通の契約書を、黒沢秀之に示した。

それは、間違いなく、死んだ黒沢美佐男と佐伯弁護士との間に取り交わされた契約書で、保証人として、小山敏子と、小西信行の名前も、書かれてあった。

「ええ、これは、たしかに、兄の署名です」

黒沢秀之が、十津川を見た。

「なるほどね」

と、十津川が、うなずく。

「それでは、この契約書にある必要な金額を、払っていただけますね？」

佐伯弁護士が、ホッとしたような顔で、いった。

「たしかに、兄の署名が、ありますから、払わなければいけないでしょうね。もちろん、ちゃんとお支払いしますが、警部さんにも、異存はありませんね？」

黒沢秀之が、十津川を見ながら、いった。

「面白いね」

と、十津川が、呟いた。

そんな十津川を、佐伯弁護士や、小山敏子、そして、小西信行の三人が、にらんだ。

十津川は、そんな三人には構わず、

「黒沢美佐男さんは、四月九日の夜、ホテルで、毒殺されています。使われたのは、青酸カリです。犯人が、ワインに入れて飲ませたと、われわれは、考えています。そのほかに、なぜか、黒沢美佐男さんの胃の中からは、睡眠薬が、検出されているんです。どうして、睡眠薬を飲ませたのか、分かりませんでしたが、今の佐伯弁護士の話で、やっと納得できました。犯人はまず、黒沢美佐男さんに、睡眠薬を、飲ませたのです。少しばかり、黒沢美佐男さんの意識が、朦朧《もうろう》としてきた時に、その四通の契約書にサインさせたんですね？　黒沢サインのためにまず睡眠薬を飲ませて、意識を朦朧とさせる必要があったんですよ。これで、納得できましたよ」

「しかし、私たちは、黒沢美佐男さんを、殺してなんかいない！」

佐伯弁護士が、怒鳴った。

「これは、殺される前の、黒沢美佐男さんが、弟さんに話していたことなんですがね。アシスタントをやっていた小山敏子さん、あなたは眠れなくて、医者からずっと睡眠薬の処方を、してもらっていた。そういう話を、弟の秀之さんは、お兄さんの、美佐男さんから聞いているんですよ。小山さん、その睡眠薬を、黒沢美佐男さんに飲ませましたね？　あなたが、自宅近くの個人病院で、医者から処方してもらっている、睡眠薬ですよ。それと全く同じ成分の睡眠薬が、殺された、黒沢美佐男さんの体内から、検出されているのです。それに対して、木下由香さんは、今まで一度も、睡眠薬を飲んだことがないのです。これは、彼女の友達も、証言しています」

と、十津川が、いった。

「しかし、そんなものは、証拠にはならないはずだ！」

佐伯弁護士が、大声で、いった。

その時、十津川の携帯が鳴った。それを受けたあと、佐伯弁護士に向かって、

「今日、四人の男女が、ここに来て、佐伯弁護士から指示されるままに、黒沢美佐男さんから別荘を貰う約束になっていたとか、箱根バイパスの買収を、約束していたとか、証言していました。その中の一人、本田晶子という人ですが、あなたの彼女なんじゃ、ありませんか？」

「そんなことは知らん」

「実は、彼女を含めて四人、参考人として、捜査本部に連行したんですよ」

「バカなことをしないでください。あの四人は、私が雇った人間で、実際には、今度の事件とは、何の関係も、ないんですよ。だから、その証言だって、当てになりません。すぐに解放してください」

「じゃあ、本田晶子さん一人を除いて、あとの三人は、すぐ解放しましょう。ところで、本田晶子さんですがね、彼女は、こちらの質問に答えて、四月九日の夜、佐伯弁護士さん、あなたと一緒に、都内のTホテルの、黒沢美佐男さんの部屋に、行ったと、証言しているんですよ」

と、十津川が、いうと、

「そんなはずはない！」

と、佐伯が、また、大声を出した。

「どうして、そんなはずがないんですか？」

「あの本田晶子という女性は、黒沢美佐男とは、一面識もないんだ。そんな女性を連れていったら、怪しまれるだけじゃないか。だから、あの時は、ここにいる小山敏子と一緒に行ったんだ。アシスタントをやっていた彼女だから、黒沢美佐男は、安心して、こちらのいう通りに動いたんだよ。だから」

「佐伯先生！」

と、小山敏子が、佐伯弁護士の言葉を遮るように、声を上げた。

だが、もう間に合わなかった。

「黒沢さんに、一つだけ、お願いがあります」

と、十津川が、黒沢秀之に、いった。

「何ですか」

「OKジャパンの社長の木下由香さんは、資金繰りに苦しんでいます。今回のことでは、嫌な役をやって貰ったので、ぜひ、資金援助をしていただきたいのですよ」

「そのことなら、喜んで」

と、黒沢秀之が、いった。

この作品はフィクションであり、実在の個人・団体・事件などとは、いっさい関係ありません。（編集部）

二〇一一年十月　講談社ノベルス刊
二〇一四年十月　講談社文庫刊

光文社文庫

長編推理小説
十《と》津《つ》川《がわ》警《けい》部《ぶ》 箱《はこ》根《ね》バイパスの罠《わな》
著 者 西《にし》村《むら》京《きょう》太《た》郎《ろう》

2021年9月20日 初版1刷発行

発行者 鈴 木 広 和
印 刷 堀 内 印 刷
製 本 ナショナル製本

発行所 株式会社 光 文 社
〒112-8011 東京都文京区音羽1-16-6
電話 (03)5395-8149 編 集 部
8116 書籍販売部
8125 業 務 部

落丁本・乱丁本は業務部にご連絡くだされば、お取替えいたします。
ISBN978-4-334-79239-8 Printed in Japan

組版 萩原印刷